Impressum:

Besuchen Sie uns im Internet:
www.papierfresserchen.de

Bearbeitung: CAT creativ - www.cat-creativ.at

im Auftrag von

© 2024 – Papierfresserchens MTM-Verlag
Mühlstraße 10 – 88085 Langenargen
info@papierfresserchen.de
Alle Rechte vorbehalten.
Erstauflage 2024

Das Werk einschließlich aller seiner Teile ist urheberrechtlich geschützt. Wir weisen darauf hin, dass das Werk einschließlich aller seiner Teile urheberrechtlich geschützt ist. Jede Verwertung ist ohne Zustimmung des Verlages unzulässig. Dies gilt insbesondere für die elektronische oder sonstige Vervielfältigung, Übersetzung, Verbreitung und öffentliche Zugänglichmachung.

Coverbild wurde mithilfe von Künstlicher Intelligenz (KI) erstellt. Die Beschreibung und das Konzept für das Bild stammen von der Herausgeberin.

Alle anderen Fotos und Illustrationen:
© bei den jeweiligen Autorinnen und Autoren

Gedruckt in Polen / Bookpress

ISBN: 978-3-99051-255-5 - Taschenbuch
ISBN: 978-3-99051-256-2 - E-Book
ISBN: 978-3-99051-257-9 - Hörbuch

Engel oder Bengel

Oder: Weil manchmal alles anders ist, als es scheint ...

Martina Meier (Hrsg.)

Autorinnen & Autoren

Betty Kremp
Charlie Hagist
Christian Günther
Christina Reinemann
Dörte Müller
Florian Geiger
Hans Peter Flückiger
Hartmut Gelhaar
Helmut Blepp
Hermann Bauer
Ingrid Baumgart-Fütterer
Juliane Barth
Luna Day
Maresa May
Oliver Fahn
Pamela Murtas
Regina Berger
Simon Käßheimer
Susanne Weinsanto
Vanessa Boecking
Volker Liebelt
Wolfgang Rödig

Inhalt

Bitte lächeln!	6
Lauter kleine (B)engel	7
Eine Hand voller Steine	12
Supergirl	15
Jeder wird gebraucht	16
Wer war sie nur?	18
Schüleraustausch	22
Diese zwei Begleiter	26
Das Lächeln der Stille	27
Was denn nu?	30
Energēma – Besessenheit	33
Ein böser Traum	37
Kater Pelito, frecher Bengel oder Engel, je nachdem…	41
Schatten über Heidelberg	42
Pferdeengel	46
Die Engel Chroniken – Der Ausreißer	48
Ein wahrer Engel	53
Ein italienischer Engel	55
Nackte Tatsachen	57
Ein Schwabe im Himmel	62
(K)ein gutes Ende	64
Nur ein Eis	67

Bitte lächeln!

Manch Bengel lacht nicht einfach so.
Manchmal ist er schadenfroh!

Hartmut Gelhaar, *Jahrgang 1948, Rentner lebt in Wernigerode. Hat schon in zahlreichen Anthologien veröffentlicht. Eigener Podcast bei youtube unter „Lyrik für die Ohren".*

Lauter kleine (B)engel

„Wagen TS-acht-neun, für Zentrale?", hörten wir über Funk.
Miriam neigte ihren Kopf zum Funkgerät. Es war an ihrer Schutzweste befestigt. Sah aus wie ein altes Handy. Dick, nicht flach. „Wagen TS-acht-neun hört", bestätigte sie. „Was liegt an?"
„Ihr Standort?"
„Höhe Eisstadion, Fahrtrichtung Inzell."
„Einsatzort: am Rathaus. Schlägerei vor Bäckerei. Vorbei. Mindestens eine verletzte Person. Arzt auf dem Weg."
„Verstanden! Wagen TS-acht-neun übernimmt. Ankunft etwa eine Minute."

Ich hielt mit dem BMW-Kombi am Einsatzort an. Viele Menschen standen mit Abstand um den Schauplatz herum. Die drei Stehtische waren alle umgestürzt. Servietten und Speisen, Besteck und zerbrochenes Geschirr dazwischen verteilt. Eine ältere Dame saß auf dem Boden und hielt ihre Hand vor den Kopf. Ihr weißes Haar blutig. Am rechten Arm eine Wunde. Ein Mann hielt einen Jungen feste, der sich schreiend von ihm lösen wollte. Seine Kraft reichte jedoch nicht.
„Steiner", stellte ich mich nach dem Aussteigen vor, „und die Kollegin Homberg. Was ist passiert?" Nicht die beste Idee, diese Frage in die Runde zu stellen!
„Nicht gleichzeitig", bat Miriam und sah zur Frau. „Arzt kommt gleich. Was haben Sie gemacht? Sind Sie gestürzt?"
„Wegen dem Bengel da", erboste diese sich. „Ich mag keine Spinnen."
„Spinnen?" Mein Blick fand sie im selben Moment zwischen Bienenstich und Brezel. Eine Attrappe! Trotzdem bekam ich Gänsehaut bei dem Modell.
„Er hat sie mir auf den Teller geworfen."
„Ist das deine?", fragte Miriam den circa zehnjährigen Jungen.

Sie sah zum Herrn: „Lassen Sie ihn bitte los. Der rennt nicht weg."
Der Mann hatte Zweifel.

„Wenn er dich loslässt, dann gehst du zu meiner Kollegin", wies ich den Jungen an. „Versprochen?"

Er nickte. „Na, mach schon, Alter!"

Der Mann löste seinen Griff. „Schleich dich, du Saubengel!"

„Ich nehm Personalien und Aussagen auf, Miri", teilte ich der Kollegin mit. „Ihn liefern wir danach zu Hause ab."

„Ist der echt?" Der Junge zog an ihrem Zopf.

Miriam hob ihren Zeigefinger. „Lass das! Wie heißt du?"

„Find es raus! Du bist doch bei der Polizei."

„Daher will ich keine Kinder", seufzte sie.

Mathias zu Hause abgeliefert, saßen wir wieder im Wagen. Auf der Alpenstraße fuhren wir zum Ort Ruhpolding. Die Zentrale kannte unseren Standort, wir hatten ihn gemeldet.

„Du möchtest keine Kinder haben?", fragte ich Miriam, die 28 war.

Sie schüttelte den Kopf. „Nein! Und ich wüsst auch nicht, mit wem. Du hast nichts von deinen Kindern, oder, Mike?"

Unrecht hatte sie nicht. Der Sohn aus erster Ehe war nicht von mir, sondern von meinem Nachfolger. Den zweiten, ein Stiefsohn, hatte die Mutter zu ihrem neuen Freund mitgenommen.

„Wagen TS-acht-neun, für Zentrale?"

„Wagen TS-acht-neun, Homberg hört."

„Am Froschsee meldet jemand Schüsse. Verstärkung kommt! Bitte auf Eigensicherung achten! Gegebenenfalls auf Verstärkung warten!"

„Verstanden!", bestätigte Miriam. „Schüsse Froschsee, sind vorsichtig, warten bei Bedarf."

Ich schaltete Blaulicht und Sirene ein. Es ging nur in der Reihenfolge. Sirene ohne Licht funktionierte nicht.

Der Tacho zeigte 100 an. Damit ging es durch eine Senke und eine Linkskurve. Dahinter bremste ich massiv ab und bog in die Straße zum See. Wir hatten ihn von der Alpenstraße aus bereits gesehen. Konnten jedoch keine Täter ausmachen. Nur noch das Blaulicht an, rollten wir den Weg entlang. Auf beiden Seiten Felder und in der Ferne Wälder. Vereinzelte Höfe in Sichtweite.

„Da, Kinder!", bemerkte ich.

„Die werfen was", stellte Miriam fest und sprach in den Funk. „Zentrale für Wagen TS-acht-neun? Am Froschsee werfen Kinder Knallerbsen. Entwarnung! Wiederhole: Kinder, Knallerbsen, Entwarnung."

Nun taten sie natürlich, als sei nichts gewesen. Wir hielten und stiegen aus. Die Zentrale bestätigte die Entwarnung.

„Wer von euch war das?", fragte Miriam laut.

Die vier Kinder kicherten voller Vergnügen.

„Jetzt im Ernst", fuhr ich fort. „Die Dinger sind nicht bloß laut. Ebenso können sie sehr gefährlich für Kinder sein. Also?"

Nach und nach gaben drei Kinder ihre Knaller heraus. Das vierte schwor, keinen zu haben.

Ein Paar gesellte sich hinzu.

„Sind das Ihre Kinder?", fragte ich.

Die Eltern bestätigten meine Frage mit einem Nicken. Ich händigte ihnen die Knallerbsen aus. „Andere Spielzeuge wären besser!"

Als Miriam wieder einsteigen wollte, explodierte neben ihr eine Erbse. Der Junge, angeblich nichts mehr habend, grinste am weitesten.

„Ich verhaft dich gleich, Bengel!", warnte die Kollegin ihn und schloss die Tür.

„Ich bin erst elf", hörte ich seine Antwort. Und damit nicht strafmündig. Kannte sich aber gut aus, der böse Bube!

„Ja, du mich auch!", brummelte Miriam. „Sag, Mike. Haben wir es heute nur mit frechen Kindern zu tun?"

Ich startete den Motor. „Scheinbar."

„Die Entwicklung ist erschreckend."

Inzwischen war es später Nachmittag.

„Wagen TS-acht-neun, für Zentrale?"

Wir hatten die Plätze getauscht. Miriam fuhr und ich bediente den Funk: „Wagen TS-acht-neun, Steiner hört. Fahren Sie fort."

„Einsatz am Bahnhof. Ein Zug wurde beschmiert. Können Sie das machen?"

„Wagen TS-acht-neun fährt hin, ja. Ankunft in etwa drei Minuten."

„Waren sicher wieder irgendwelche jungen Bengel", meinte Miriam.

Ich hatte gut geschätzt. Pünktlich rollten wir am Bahnhof vor. Ein Mitarbeiter der Bahn führte uns zum Zug. Über den Bahnsteig lief eine ältere Dame. Das Laufen fiel ihr schwer, aber alle Bänke waren besetzt.

Plötzlich stand ein Junge auf, circa acht Jahre alt. „Möchten Sie sich setzen?", fragte er höflich.

„Es gibt halt noch nette Buben", raunte ich Miriam zu. „Engel statt Bengel."

„Da!", rief der Mitarbeiter. „Da, die waren das vorhin!"

Wir blickten auf. „Die sind schon strafmündig", war Miriam sicher und rannte direkt los. Hastig folgte ich ihr. Die zwei Burschen hatten uns bemerkt und flüchteten. Sie teilten sich auf. Einer links, einer rechts.

Ich verfolgte den dickeren. Ihm ging die Puste aus. „Endstation! Hab meinen, Miri", teilte ich über Funk mit.

„Meiner ist leider weg", antwortete sie und atmete einmal kräftig aus. „Läuft sonst Marathon, glaube ich."

„Du nicht?", ärgerte ich sie.

„Nein, mein Riesenbengel Mike!"

„Danke, Miri! Treffen am Wagen." Ich legte dem Verdächtigen Handschellen um. Auf dem Rückweg musste ich seine Sachen einsammeln. In der Tasche meiner Polizeihose fand ich noch einen Handschuh.

Im Verhörzimmer saßen wir mit Florian. Der Raum war schlicht. Nur mit Tisch und Stühlen. Die Lampen unter der Decke nicht allzu hell. Eine Kamera auf den Verdächtigen gerichtet. Ihr Mikrofon nahm das Gespräch auf.

Ich stellte ein Spray mit grüner Farbe vor ihn. „Das ist deine. Auf der Flucht weggeworfen. Hab ich beobachtet."

Er lächelte siegessicher. „Das sagen Sie. Wie wollen Sie mir das beweisen? Ich hab nur auf meinen Zug gewartet."

„Fingerabdrücke! Ich trug Handschuhe. Und du? Der zweite Junge, den kennst du nicht?"

„Zum ersten Mal getroffen", antwortete er ruhig.

„Kapier es", half mir Miriam. „Du bist überführt, Mann! Willst du es allein ausbaden? Sei doch nicht doof!"

Florian senkte den Blick. Leise nannte er den Namen seines Kumpels. Während Miriam und ich den Raum verließen, passte ein Kollege auf ihn auf.

„Fangen wir den letzten Bengel des Tages ein", meinte Miriam nach dem Schließen der Tür. „Reicht dann für heut, oder, Mike?"

Ich nickte. „Und danach haben wir uns ein gutes Essen verdient. Was meinst du?"

„Gerne! Wo?"

„Im *Blonden Engel* gibt es riesige Schnitzel mit einem großen Haufen Pommes."

Christian Günther *wurde 1979 in Essen geboren. Beruflich betreut er nachts pflegebedürftige Menschen in einer Senioreneinrichtung. Er schreibt Zeitungsartikel, Kurzgeschichten und Serienfolgen. Bisher hat er sechs Bücher im Genre Krimi veröffentlicht. Seit 2022 ermittelt sein ziviles Polizei-Duo, das aus Judith und Nick besteht, im Süden der Stadt Essen. Die Uniformierten Miriam und Mike aus Bayern dürfen seit 2024 ran.*

Eine Hand voller Steine

Horst Bayer hatte soeben seinen 873. Mitarbeiter eingestellt. Er schenkte sich einen Cognac ein, schwenkte selbstherrlich das Glas, ging zum Fenster und blickte voller Stolz über sein riesiges Firmengelände.

Über 40 Jahre hatte er geschuftet wie ein Pferd, die Firma aufgebaut und sich nur selten einige Tage Urlaub pro Jahr gegönnt. Er war es gewohnt, mindestens zwölf Stunden täglich zu arbeiten, oft auch am Wochenende. Sein größter Fehler war es, dass er es versäumt hatte, rechtzeitig einen Assistenten der Geschäftsleitung aufzubauen. So musste Horst jeden Kleinkram selbst erledigen. Er machte sich unentbehrlich.

Andere Leute hätten sich in seiner Situation allmählich aus dem Geschäftsleben zurückgezogen und wären als Rentner zufrieden gewesen. Horst war unglücklich, trotz seiner vielen Immobilien, Aktien und wertvollen Sammlungen, die er besaß. Er traute keinem Menschen und war sehr misstrauisch. Immer hatte er das Gefühl, jeder wolle nur sein Geld haben und ihn übervorteilen und betrügen.

Horst grübelte in letzter Zeit viel. Ihm war klar, dass Matthias, sein Sohn mit den zwei linken Händen, nur darauf warten würde, um sein Imperium endlich übernehmen zu können. Doch Horst befürchtete, dass sein Sohn in kürzester Zeit die Firma herunterwirtschaften würde, denn von diesem Taugenichts und Versager, wie er ihn abschätzend nannte, hielt er nicht viel.

Nein, das Heft wollte Horst noch lange nicht aus der Hand geben. Er erinnerte sich an einen Bauern, der ihm einmal gesagt hatte: „Den Hof übergeben, das heißt, nicht mehr leben."

Auf sein Alter angesprochen, meinte Horst immer spitzbübisch: „Politiker fangen auch erst mit 70 Jahren an, so richtig in Schwung zu kommen. Reife und Lebenserfahrung ist eben durch nichts zu ersetzen."

Nach einem arbeitsreichen Tag ging Horst zur Entspannung vor dem Nachhausegehen noch durch den Stadtpark. Die Sonne war längst hinter den mächtigen Eichen verschwunden, das Laternenlicht schimmerte bläulich. Er setzte sich auf eine der vom Fremdenverkehrsamt aufgestellten Bänke und genoss die himmlische Ruhe, die die Natur ausstrahlte. Nur wenige Menschen hielten sich um diese Zeit noch im Park auf. Manche führten ihren Hund aus. Hin und wieder keuchte ein Jogger an ihm vorbei.

Horst Bayer beobachtete einen alten Asiaten, der im Park spazieren ging. Dieser blieb oft stehen und starrte minutenlang auf einen Baum. Dann bückte er sich, hob Blätter auf, betrachtete sie lange und ging langsam weiter.

Als er an ihm vorbeischlenderte, erinnerte sich Horst, dass er in seiner Mittagspause einen Bericht in der Zeitung gelesen hatte über einen der bekanntesten noch lebenden chinesischen Philosophen, der als Abt in einem buddhistischen Kloster abseits der Zivilisation auf einem Berg lebte, dort meditierte und jetzt durch Europa reiste, Vorträge über den Glauben hielt und seinen Zuhörern auch Lebenshilfen mit auf den Weg gab. Horst war sich sicher, dass der Mann, den er beobachtete, der Weise aus dem Fernen Osten sein musste. Er überlegte, ob er ihn ansprechen sollte. Er tat es – und es stellte sich heraus, dass es dieser Weise tatsächlich war.

Beide gingen nun gemeinsam durch den Park. Der Philosoph sprach: „In China gibt es keine vier Jahreszeiten, zumindest nicht in der gleichen Art und Weise wie in Europa. In China kennen wir keinen Herbst und keine braun und rötlich gefärbten Blätter. Die Pflanzen, Büsche und Bäume sind dort immer grün. Mir gefällt dieses langsame Absterben der Natur im Herbst und das Wiederaufblühen im Frühling."

Der Weise lächelte und sah Horst dabei an. Das war wie eine Aufforderung, auch etwas über sein Gegenüber zu erfahren.

Horst sagte provozierend: „Ich glaube an nichts. An keine Menschen und an keinen Gott. Ich glaube nur an mich selbst. Das, was ich in meinem Leben geschaffen habe, war einzig und allein mein Werk. Keiner hat mir dabei geholfen, auch kein Gott. Ich bin davon überzeugt, dass Sie mir zum Beispiel nicht den Himmel und die Hölle erklären können! Außerdem bin ich mir absolut sicher, dass es weder Himmel noch Hölle gibt. Was sagen Sie dazu?"

Der Weise sagte gar nichts. Er lächelte nur mild. Gelegentlich bückte er sich und hob einen Stein auf. Als er eine Handvoll Steine gesammelt hatte, entfernte sich der Chinese einige Schritte von Horst und begann, Stein für Stein auf ihn zu werfen. Manche verfehlten sein Ziel, die meisten Würfe trafen Horst aber.

Horst wurde wütend. Die Zornesröte stieg ihm ins Gesicht und er beschimpfte den Chinesen: „Sie Wahnsinniger, Sie Spinner, Sie sind ein Fall für den Psychiater und gehören ins Irrenhaus. Hören Sie gefälligst mit dem Unsinn auf!" Am liebsten wollte er ihn schlagen.

Der Weise blieb jedoch gelassen und sprach: „Sehen Sie, das ist Ihre Hölle! Sie haben etwas Böses in mir vermutet."

Horst beruhigte sich nur allmählich wieder, entschuldigte sich wegen seiner Unbeherrschtheit und sagte zum Weisen: „Sie haben schon eine recht sonderbare und eigenwillige Art, um etwas zu erklären. Möglicherweise wollten Sie mir nur die Hölle in Ihrer speziellen Art verständlich machen. Doch sollten Sie auch wissen, dass mir diese Variante, etwas zu verdeutlichen, völlig fremd ist. Diese Methode können Sie in China anwenden, aber nicht hier."

Der Abt freute sich und er meinte: „Sie haben eine rasche Auffassungsgabe. Es ist viel einprägsamer, wenn jemand in dieser Form versucht, wie ich es soeben bei Ihnen versucht habe, etwas Schwieriges zu erklären. Sehen Sie, diese Einsicht, die Sie jetzt gewonnen haben – das ist der Himmel. In gerade einmal zwei Minuten haben Sie jetzt Himmel und Hölle kennengelernt. Glauben Sie jetzt daran?"

Der Chinese wartete eine Antwort von Horst nicht mehr ab und verabschiedete sich von ihm. Horst blieb mit offenem Mund fassungslos stehen. Ihm fehlten jetzt einfach die Worte. Er sah dem Chinesen noch lange nach, wie er sich immer wieder bückte, Blätter aufhob, sie betrachtete und sich an diesem Naturschauspiel – das für uns alle längst nichts Besonderes mehr ist – erfreute.

Hermann Bauer, *geboren 1951, lebt in seiner Geburtsstadt München. Seit 1988 Veröffentlichungen von Kurzgeschichten, Reisereportagen, Märchen und Lyrik in Büchern, Anthologien, Zeitschriften, Zeitungen und Kalendern in Deutschland, Österreich, der Schweiz, Frankreich und als Übersetzung in Vietnam. Seit 2014 schreibt er auch Theaterstücke. Tritt gelegentlich auch als Kabarettist und Gospelsänger auf. www.shen-bauer.de*

Supergirl

Sie ist clever, superschlau,
weiß alles immer ganz genau.
Sie singt und tanzt auf jeder Fete
Sie ist wirklich 'ne Rakete!

Will immer die Sonne sein.
Ihr Haar, das glänzt, die Haut ist rein.
Sie kriegt alles, was sie will.
Ihr roter Mund ist niemals still.

Sie sieht immer super aus
geht nie ohne Schminke raus.
Tausend Schuh in Reih und Glied.
Sie oft in den Spiegel sieht.

Selfie hier und Selfie da,
ach, was ist sie wunderbar!
Schnell verschickt an tausend Leute,
was für'n toller Tag war heute!

Doch blickst du hinter die Fassade –
und das ist jetzt wirklich schade,
siehst du ihren wahren Kern
und den hat man gar nicht gern.
Sieht nur sich, findet sich toll
Ich hab echt die Nase voll.

Dörte Müller, *geboren 1967, schreibt und illustriert Bücher für Kinder. Sie wohnt mit ihrer Familie in Bonn und unterrichtet an einer Gesamtschule.*

Jeder wird gebraucht

In den Wintermonaten ließ sich der König mit der Kutsche durch die Stadt fahren. Die Kutsche war zwar ohne Heizung, aber zumindest war der König vor dem scharfen und kalten Wind und den nassen Schneeflocken geschützt. Sobald aber die Kälte vorbei war, benutzte er gern eine Sänfte. Dabei saß er praktisch wie in einer Kutsche, doch waren nicht die Pferde zum Ziehen angespannt, sondern vier Männer trugen an vier Griffen das Häuschen, in dem der König thronte.

Immer am Dienstagvormittag wurde der König in die Stadt getragen, damit er sich seinem Volk zeigen konnte. Der König freute sich riesig, wenn Frauen bei seinem Anblick einen Knicks und die Männer eine Verbeugung machten. Kinder, die ihn sahen, winkten ihm begeistert zu und der König winkte mit einem weißen Taschentuch zurück. Am letzten Dienstag aber geschah etwas, das unbedingt erzählt werden muss.

Die Träger des Königs hatten schon mehr als die Hälfte des Weges in die Stadt zurückgelegt, da erblickte der König aus seiner Sänfte am Wegesrand zwei Jungen, die sich gegenseitig anstießen, tuschelten und fürchterlich zu lachen anfingen.

„Anhalten, sofort anhalten", befahl der König seinen Trägern. Das kam denen gerade recht, denn sie hatten an dem dicken König schwer zu tragen.

„He, ihr beiden", rief er zu den Jungen, „tretet näher und sagt mir, wer ihr seid und weshalb ihr lacht!"

Die Jungen hörten auf zu lachen und machten eine ehrerbietige Verbeugung. Einer der beiden antwortete zögerlich „Das ist der Eberhard und ich bin der Gunter."

„Also Eberhard und Gunter, was gab es da eben zu lachen, als ihr uns gesehen habt? Sagt es mir", forderte der König die beiden zum Sprechen auf.

„Das sah so komisch aus, als ihr, werter König, getragen wurdet.

Eure Träger sind ja alle nicht ganz in Ordnung", begann Eberhard. „Da hat ja jeder einen Schaden", fügte Gunter hinzu. „Der da hinten links", er zeigte mit ausgestrecktem Zeigefinger auf einen dünnen Mann, „der humpelt. Und der vorne links, der zieht immer ein Bein nach. Der schlurft seinen Fuß immer so über den Boden, dass er bestimmt bald keine Schuhsohle mehr unter seinem Schuh hat."

„Ja, und der vorne rechts, der schielt ganz fürchterlich", ergänzte Gunter und zog dabei eine Grimasse.

„Richtig", fuhr der König mit tiefer und fester Stimme dazwischen, „und der hinten rechts hört nichts. Aber ist denn das zum Lachen? Sie alle zusammen können etwas, nämlich mich tragen. Und sie sind zuverlässig, fleißig und dazu noch sehr kräftig. Und weil sie so gut sind, werden sie von mir gut entlohnt und dazu dürfen sie in meinem Palast wohnen. Was sagt ihr nun?"

Gunter und Eberhard wussten nicht, was sie dazu sagen sollten.

„Na, hats euch die Stimme verschlagen? Nur frei heraus mit eurer Antwort", forderte der König die beiden nochmals auf.

Die vier Träger standen mit gesenktem Kopf still daneben. Einerseits waren sie sehr beschämt, dass sich die beiden Jungen so über sie lustig gemacht hatten. Andererseits waren sie stolz, dass der König derartig gut über sie sprach.

„Keiner der Träger kann etwas für seine Behinderung, alle sind sie mit diesem Fehler geboren worden. Seid ihr beiden lieber froh, dass es euch gut geht und dass ihr gesund seid. Überlegt doch mal", fuhr der König jetzt wieder leise sprechend und die beiden Jungen heranwinkend fort, „wie es euch ergehen würde, wenn fremde Leute nur wegen eures Aussehens über euch lachen würden, wenn sie mit dem Finger auf euch zeigen oder einen weiten Bogen um euch machten."

Eberhard und Gunter standen sprachlos da. Dann nahmen sie allen Mut zusammen und entschuldigten sich bei jedem einzelnen der Träger.

„Dann wollen wir es für heute mal gut sein lassen", sagte der König zu Eberhard und Gunter und forderte seine Träger zum Weitergehen auf. Winkend verabschiedete er sich von den Jungen. Über Leute, die anders als sie selbst waren, lachten sie nie wieder.

Charlie Hagist *wurde 1947 in Berlin-Steglitz geboren. Er ist verheiratet, hat einen Sohn.*

Wer war sie nur?

Die folgende Geschichte ist so passiert. Lediglich die Namen und Orte wurden zum Schutz aller beteiligten Personen verändert. Außerdem wurde die Geschichte teilweise dramaturgisch angepasst, aber immer so, dass der Wahrheitsgehalt der Geschichte erhalten bleibt.

Karin kam nach vielen Jahren Heimaufenthalten wieder in ihre Heimatstadt zurück. Nach einigen Schwierigkeiten fand Karin auch ein kleines möbliertes Zimmer, das alles andere als Luxus war. Die Toilette war eine Etagentoilette, für das Duschen musste man extra zahlen, eine Kochgelegenheit gab es nicht und der Mietpreis war eigentlich übertreuert. Da Karin aber froh war, eine Wohnung gefunden zu haben, nahm sie auch diese Wohnung, die man eigentlich eher als Loch bezeichnen konnte.

Karin telefonierte schon immer gerne und so dauerte es nicht lange, bis sie die Nase voll hatte, ständig in eine versiffte, stinkende Telefonzelle zu gehen, wo noch dazu nach meist wenigen Minuten der oder die Nächste telefonieren wollte.

Daher ließ sich Karin, auch wenn es für ihre damalige Verhältnisse sehr teuer war, bald einen Telefonanschluss legen.

Als Karin dann eines Tages auf ihrem Bett sass, überlegte sie, was sie tun könnte, um zumindest ein paar Kontakte zu bekommen. Und so kam Karin auf die Idee, Kontaktanzeigen aufzugeben, allerdings schrieb sie immer gleich dazu, dass sie keinen Partner oder Partnerin suche, sondern einfach nur jemanden für gemeinsame Unternehmungen kennenlernen wollte.

Als Karin die Anzeige aufgegeben hatte, kamen erstaunlich viel Reaktionen, doch mit den meisten telefonierte Karin einige Male und dann verlief sich der Kontakt im Sand.

Bei Jessica war das anders. Mit Jessica telefonierte Karin am ersten Abend drei Stunden, am zweiten Abend vier Stunden und am dritten Abend von abends bis morgens gesamte acht Stunden und 30 Minuten – und das, obwohl Jessica ein Vorstellungsgespräch am folgenden Tag hatte. Nach einem solchen Telefonat, da waren sich Jessica und Karin einig, mussten sie sich einfach treffen.

Es entstand eine wunderschöne Freundschaft, die zumindest aus Sicht von Karin jeden Tag schöner wurde. Was Karin allerdings nicht bemerkte, war, dass sie dabei war, sich in Jessica zu verlieben. Jessica merkte das und Jessica wolle die Freundschaft zu Karin eigentlich nicht verlieren, sie wusste aber auch, dass sie diese Verliebtheit irgendwie abtöten musste.

Da kam Jessica auf eine etwas unorthodoxe Idee – sie behauptete, dass Karin sie angelogen habe (was natürlich nicht stimmte) und sie deshalb keinen Kontakt mehr haben wollte.

Karin heulte sich die Augen aus. Jessica aber legte am Telefon sofort auf, wenn Karin anrief, auch Briefe kamen ungeöffnet zurück. Mit anderen Worten: Karin hatte nicht die geringste Chance, das mit Jessica zu klären.

Einige Monate später, es war die Woche vor Weihnachten, klingelte bei Karin das Telefon und Karin war sehr erstaunt. Denn am anderen Ende war Jessica, die nur sagte: „Hallo Karin, ich wollte nur mal hören, wie es dir geht?"

Nachdem Jessica bemerkt hatte, dass Karin die Verliebtheit überwunden hatte, entstand diesmal eine wirkliche Freundschaft, auch wenn Karin Jessica manchmal ein kleines bisschen als Mutterersatz betrachtete, was Jessica aber gar nicht gerne hörte.

Jessica merkte, dass Karin in ihrem Leben sehr viel mitgemacht hatte, und irgendwie hatte sie ein Händchen dafür, Karin zu helfen. Sei es bei der Überwindung, in ein Lokal zu gehen, sei es bei der Haushaltsführung, bei den Finanzen, egal bei was, Jessica versuchte immer, das Beste für Karin zu tun.

Oft war Karin auch bei Jessica zu Hause und wunderte sich. Denn Jessica hatte nicht einen einzigen Spiegel in der Wohnung. Und wenn sie gemeinsam Auto fuhren, war niemals eine Ampel rot und Jessica wusste auch immer, wo ein Parkplatz frei war oder gleich frei würde und welches Auto neben ihnen stehen würde.

Jessica schaffte es in wenigen Monaten, Karin so weit zu helfen, dass sie wieder alleine in ein Restaurant gehen konnte, dass ihr Selbstbewusstsein und ihr Selbstwertgefühl zurückkehrten und vieles andere mehr.

Vieles an Jessica war sehr merkwürdig. Karin erinnerte sich an einen Einkauf, bei dem Jessica zielstrebig nicht auf die Eingangstür des Marktes zuging, sondern auf eine ältere Dame. Karin fragte Jessica, was sie da mache.

Doch Jessica sagte nur: „Moment", und als sie kurz vor der Dame stand, krachte die Tüte und der gesamte Einkauf der Dame verteilte sich auf der Straße und Jessica half erst einmal beim Aufräumen.

Außerdem wusste Jessica immer, wann Karin anrief, bevor diese auch nur einen Ton gesagt hatte – und das zu einer Zeit, als Telefone noch kein Display hatten …

Man kann, ohne zu übertreiben, sagen, man spürte Jessica auf mindestens 50 Meter Entfernung und Karin hoffte, dass Jessica immer für sie da sein würde. Doch es sollte leider anders kommen, obwohl Jessica zu Karin gesagt hatte: „Ich werde immer für dich da sein, auch wenn ich eines Tages woanders bin."

Karin dachte oft, dass sich Jessica mit den seltsamen Dingen, die da rund um sie passierten, bei einer Fernsehshow bewerben sollte. Doch Jessica sagte daraufhin nur so Sätze wie: „Das kann, darf und will ich nicht." Oder: „Du wirst es verstehen, wenn es an der Zeit ist."

Doch Karin lebt heute noch, hat aber bis heute noch nicht alles verstanden, was Jessica ihr damals gesagt hat.

Nach ungefähr zwei bis drei Jahren wundervoller Freundschaft lernte Jessica einen Mann kennen von der allerübelsten Sorte. Dieser prügelte täglich auf Jessica ein und verbot ihr letztendlich alle Kontakte, natürlich auch den zu Karin.

Karin hoffte darauf, dass die Geschichte irgendwann ein gutes Ende nehmen würde und Jessica sich eines Tages wieder melden würde.

Auch nachdem der Kontakt abgebrochen war, musste Karin jeden Tag an Jessica denken. Nach einigen Monaten suchte sie in dem Dorf, in dem Jessica gelebt hatte, nach ihr. Doch seltsamerweise kannte sie dort niemand mehr – und das, obwohl sie dort auch einst in einem Dorfladen gearbeitet hatte.

Karin ließ die ganze Geschichte nicht los und so suchte sie weiter und weiter, bis sie eines Tages von der Gemeindeverwaltung des Dorfes, in dem Jessica einst gelebt hatte, die Nummer von Jessicas Vater bekam.

Sie rief dort an und so erfuhr sie dann, dass sich Jessica vor einigen

Jahren umgebracht hatte, was Karin mehr als entsetzte. Und so fragt sich Karin bis heute:

Ob Jessica ein Engel war oder doch *nur* ein besonderer Mensch.
Wieso Jessica eine solche Abneigung gegen Spiegel hatte.
Warum sie sich nicht bei einer Fernsehshow bewerben durfte.
Was sie, Karin, noch alles verstehen sollte.
Warum sie auch heute noch manchmal glaubt, Zeichen von Jessica zu erhalten.
Warum Jessica keine Kollegin schickt, die Karin auch heute noch manchmal so dringend brauchen würde, so sie denn wirklich ein Engel war.

Da diese Geschichte zugegebenermaßen unglaublich klingt, weise ich nochmals darauf hin, dass die Geschichte genauso passiert ist, lediglich die Namen und Orte wurden zum Schutz beteiligter Personen geändert und an einigen Stellen wurde die Geschichte dramaturgisch aufgearbeitet, aber immer so, dass die realen Geschehnisse auch weiterhin reale Geschehnisse bleiben.

Susanne Weinsanto *wurde 1966 in Karlsruhe geboren.*

Schüleraustausch

Kishotan war nicht sicher, was er von Lijas, dem Mädchen, das seit gestern in seine Klasse ging, halten sollte. Auch die anderen Schüler mieden sie. Eines konnte Kishotan über sie schon sagen: Sie hielt sich für was Besseres und kommandierte die anderen herum. Das sollte sie mal bei ihm probieren, er würde ihr was erzählen!

Da kam ihr Klassenlehrer Herr S'h'latteri herein. Die Kinder mochten den Cetianer. Am liebsten hätte Kishotan Lijas eine runtergehauen, aber so etwas tat man natürlich nicht. Außerdem wollte er ihr den Triumph nicht gönnen, am Ende selbst Ärger zu bekommen. Kishotan war kein gewalttätiger Mensch. Wenn er eins gelernt hatte, dann, dass man Konflikte friedlich löste.

Mit einem Mal trat Lijas aus ihrer Bank. Sie neigte kurz den Kopf und verkündete dann: „Die Klasse ist vollzählig anwesend."

Kishotan kicherte. Was sollte denn das? Die war ja wirklich blöd. Wollte sie mit dieser Angeberei jemanden beeindrucken?

„Danke, Lijas. Ich werde das selbst überprüfen", erwiderte Herr S'h'latteri gutmütig lächelnd.

Man sah, wie Lijas erschrak. „Ich bitte um Entschuldigung", murmelte sie verwirrt.

Kishotan konnte sich jetzt nicht mehr beherrschen und lachte los. Auch die anderen in seiner Klasse kicherten. Lijas warf ihnen einen wütenden Blick zu. „So macht man das bei uns eben!", rief sie zornig.

„Daran sieht man, dass Talisian echt bescheuert sind!", zog Kishotan sie auf. Plötzlich durchfuhr ihn ein heftiger Schmerz. Er schrie qualvoll auf.

„Lijas! Hör auf!", rief S'h'latteri entsetzt.

Im selben Moment hörte es auf. Lijas blickte Kishotan hasserfüllt an. Doch dann schossen ihr Tränen in die Augen und sie blickte zu Boden.

S'h'latteri stand immer noch das Entsetzen ins Gesicht geschrieben. „Jetzt ist Schluss! Ihr beide werdet euch vertragen, verstanden?", schimpfte er zornig. „Wenn so etwas noch mal passiert, lasse ich euch nachsitzen!", drohte er.

Endlich war Pause. Die Kinder stürmten auf den Pausenhof. Kishotan hatte heute schon eine Idee, was sie tun konnten. Ein wenig fürchtete er Lijas. Was, wenn sie bemerkte, was er und seine Freunde vorhatten? Würde sie ihn verpetzen?

Der Westflügel war eingerüstet. Es war streng verboten, hinaufzuklettern. Doch er wollte unbedingt mal sehen, wie weit man vom Dach aus in die Landschaft gucken konnte. Seine Freunde, die Bellunierin z'Taranta und der Cetianer T'a'lan, waren wie immer mit von der Partie.

„Ihr guckt, dass keiner kommt!", befahl Kishotan. Er wusste, dass seine beiden Freunde ihm zur Seite stehen würden.

„Was macht ihr denn da?", hörte er da eine bekannte Stimme.

„Das geht dich gar nichts an!", rief Kishotan zornig.

Doch Lijas machte keine Anstalten zu verschwinden, sondern blickte ihn nur finster an. „Das ist gefährlich!", rief sie energisch.

Langsam hatte Kishotan und seine Freunde genug. „Lass uns in Ruhe. Wir machen, was wir wollen", rief T'a'lan drohend. Der würde er etwas erzählen, egal, ob sie psionische Fähigkeiten hatte oder nicht.

„Ihr könntet verletzt werden. Ich verbiete es!", erwiderte die Talisian scharf.

„Mir doch egal!", schrie der Junge wütend.

Entschlossen griff Kishotan nach der Stange, an der die Drohnen wie auf einem Gleis entlang glitten, und zog sich hoch.

„Kishotan, komm sofort herunter! Du verletzt dich noch!", schrie Lijas.

Doch Kishotan hatte nicht vor, auf Lijas zu hören. Sollte die blöde Kuh ihn doch verpetzen. Seine Freunde würden ihn bestimmt bewundern! Im selben Moment glitt er mit der Hand von dem Gestänge ab. Kishotan schrie wie am Spieß, während er in die Tiefe stürzte. Entsetztes Aufstöhnen durchfuhr die Schülermenge, die sich mittlerweile unten versammelt hatte. Das Letzte, was der Menschenjunge mitbekam, war ein heftiger Schmerz, der durch seinen Körper fuhr, dann wurde alles dunkel.

Die Kinder schrien alle entsetzt und Herr S'h'latteri kam herbeigeeilt.

„Dieser unvernünftige Kerl!", schimpfte Lijas.

„Was ist passiert?", wollte S'h'latteri wissen.

Lijas blickte ihn an. „Ich habe mit ihm gewettet, Imshaleh, dass er sich nicht traut, da hochzuklettern. Es ist meine Schuld", erklärte die Austauschschülerin energisch.

S'h'latteri rümpfte die Nase, ein Zeichen der Missbilligung bei den Cetianern. „Es ehrt dich, dass du ihn schützen willst, Lijas, aber ich kenne Kishotan. Er gehört nicht zu denen, die sich von anderen zu etwas anstiften lassen, es ist eher umgekehrt. Kishotan ist oft der Rädelsführer für irgendwelche dummen Streiche", wies er Lijas' Beteuerungen zurück.

„Er ist Udijnij. Es ist meine Aufgabe, ihn zu schützen", erklärte die Talisian.

Der Lehrer blickte sie neugierig an. „Das ist eine sehr interessante Philosophie", fand er.

„Kishotan wollte unbedingt da hochsteigen. Lijas hat gesagt, er soll nicht, aber er hat nicht gehört", meldete sich auf einmal z'Hannara. „Du bist echt 'ne blöde Petze, z'Hannara!", fauchte z'Taranta.

Die so Gescholtene presste schuldbewusst ihre Lippen zusammen.

„Ich werde sofort einen Sanitäter rufen", erwiderte S'h'latteri. Er legte den Jungen in die stabile Seitenlage und eilte dann in das Schulgebäude zurück.

Lijas kniete sich neben Kishotan. Sie musste ihm helfen, auch wenn er sich danebenbenommen hatte. Vorsichtig verband sie sich mit ihm. Mit einem Mal war sie in seinem Geist.

„Was ist passiert? Alles ist dunkel und alles tut weh", wimmerte der Junge.

„Hättest du mal auf mich gehört. Ich werde versuchen, dich zu heilen, aber in Zukunft solltest du mir gehorchen", erklärte Lijas scharf. Sie nahm Kishotans Gefühle wahr. Seine seltsame Unsicherheit, die er mit der Angeberei zu überspielen versuchte, und seine Angst, vor anderen schlecht dazustehen. Jetzt verstand sie, warum sich der Junge so benommen hatte. Lijas übertrug sein Leid mit ihrer Empathie auf sich. Schmerzerfüllt stöhnte sie auf, als Kishotans Verletzungen auf sie übergingen, sein Schmerz ihren Geist flutete. Mit all ihrer Psionik drängte sie den Schmerz zurück und heilte somit sich selbst und auch Kishotan. Dann war es vorüber. Keuchend brach Lijas neben ihrem Gegenspieler zusammen. Sie hatte sich völlig verausgabt. Kishotan schlug die Augen auf. Verwirrt blickte er sich um und erhob sich dann stöhnend. Lijas lächelte. Sie hatte ihre Aufgabe am Ende doch noch erfüllt. In seinen Augen sah sie nur Verwunderung.

„Du bist echt komisch, Lijas. Erst behandelst du mich wie den letzten Dreck und dann hilfst du mir?", wunderte er sich.

Lijas zog eine Augenbraue hoch. „Ihr vom Sternenbund seid seltsam. Ich verstehe nicht, wie man so leben kann. Auf Talisia ist alles klar geregelt. Wer die stärkeren Psikräfte hat, muss die Schwächeren beschützen. Dafür gehorchen die Schwächeren den Stärkeren. Ich habe nur getan, was man mich gelehrt hat. Immerhin besitze ich Ehre", erklärte sie inbrünstig.

„Nun, bei uns erwirbt man sich Ansehen in der Regel durch Leistung, egal worin, auch wenn sie zweifelhaft sein mag", erwiderte S'h'latteri, der gerade auf den Hof gekommen war, und warf Kishotan einen scharfen Blick zu. „Sieht so aus, als könnten wir alle noch viel voneinander lernen", meinte er.

Kishotan lächelte. „Ich verspreche dir, Lijas, dass ich in Zukunft mehr auf dich hören werde, wenn du aufhörst, uns einfach so herumzukommandieren, ja?", verkündete er und reichte Lijas die Hand.

Lijas lächelte zurück. „Ich werde mein Bestes geben", gelobte sie. Hand in Hand gingen die beiden zurück in das Schulgebäude. Der Schreck war vergessen. Es wurde Zeit für neue, lehrreiche Stunden und für neue, gemeinsame Abenteuer.

Florian Geiger, *1982 in Heidelberg geboren, lebt in Lörrach, im südwestlichsten Zipfel Deutschlands. 1989 verließ er den Rhein-Neckar-Kreis und zog ins Dreiländereck. Er schreibt vor allem Geschichten, die aus den verschiedensten Bereichen der Phantastik stammen. Mehr unter floriantobiasgeiger.jimdofree.com und opensocial.at/profile/anarcheron.*

Diese zwei Begleiter

Die zwei Gesellen voller Gegensätze
mit Sicherheit begleiten nicht nur mich.
Und wie vermutlich auch die andern schätze
den Rat der beiden ich ja eigentlich.

Nur ist es so halt leider, dass der Engel,
der dauernd was ins rechte Ohr mir spricht,
und der mir links stets was erzähl'nde Bengel
bei ihren Ratschlägen sich einig nicht,

was selbstverständlich völlig untertrieben.
Der Engel führ'n, verführ'n der Bengel will.
Könnt' folgen und befolgen nach Belieben,
und wünsch' doch oft mir, sie wär'n einfach still.

Und eh' ich an mit diesen zwei'n mich leg',
bleib' ich doch lieber auf dem Mittelweg.

Wolfgang Rödig lebt in Mitterfels. Er hat bislang mehr als 800 belletristische Kurztexte in Anthologien, Literaturzeitschriften, Tageszeitungen, Magazinen und Kalendern sowie den Gedichtband „Punkt – Nach Komma, Strich und Faden" veröffentlicht.

Das Lächeln der Stille

Seit einigen Wochen haben wir einen neuen Kollegen: Niklas. Niklas sieht wirklich gut aus, sonnengebräunt, durchtrainiert, genau mein Typ. Und neben dem guten Aussehen muss er auch wirklich intelligent sein, er hat Wirtschaft und Psychologie studiert, einen weiteren Master in Ingenieurswesen und eine Ausbildung zum Grafiker. Ein echter Traummann eben.

Zu dumm, dass wir zusammen arbeiten – und Beziehungen am Arbeitsplatz ein absolutes No-Go sind. Jedenfalls für mich. Nachdem es mit dem echt süßen Projektleiter bei meiner letzten Stelle nicht so gut geendet hatte und ich mich nach einem neuen Job umsehen musste, war ich vorbelastet. Aber träumen wird ja noch erlaubt sein und da ich mir ein Büro mit Niklas teile, träume ich sehr viel – auch während der Arbeitszeit. Trotz allem erledige ich gewissenhaft meine Aufgaben und arbeite Niklas, so gut es eben geht, in die Themen ein. Langsam, immer einen Punkt nach dem anderen. Er nickt immer und stimmt mir zu.

„Alles gar nicht so schwer", sagt er und lächelt mich an. Ein umwerfendes Lächeln. Ein Lächeln, das unter die Haut geht, dass mich dazu ermutigt, weiter zu reden, obwohl ich lieber schweigen sollte.

Niklas ist nun seit vier Wochen bei uns und ich habe ihn bereits in die Rechnungsstellung und die Projektabrechnung eingeführt. Sehr ausführlich. Außerdem in den Bereich Marketing. Diese drei Bereiche sollen seinen Schwerpunkt bilden als Mitarbeiter im Unternehmen. Aber Einarbeitung braucht eben Zeit und so liegen eben doch noch viele Aufgaben aus dem Bereich Rechnungen und Abrechnungen auf meinem Schreibtisch.

Niklas sitzt immer lächelnd neben mir und nickt eifrig, wenn ich ihm etwas erkläre und die Aufgaben abarbeite. Immer eine Aufgabe nach der anderen. Es soll ja jeder pünktlich sein Geld erhalten, Mahnungen sind eine lästige Aufgabe. Auch das erkläre ich Niklas, während er an seinem Schreibtisch sitzt und Marketingstrategien entwickelt. Die Plakate sollen morgen fertig sein und der Kollege aus dem zweiten Stock hat sich sehr gefreut, dass er nun tatkräftige Unterstützung erhält. Es kostet aber auch echt viel Zeit, so ein Plakat zu erstellen und alles zu beachten. Ich weiß das, ich habe die Aufgabe vorher mitbetreut. Von daher habe ich natürlich sehr viel Verständnis, wenn Niklas mir sagt, dass er leider im Moment keine Zeit hat, die Rechnungen zu übernehmen. Sein Lächeln, das er dabei aufsetzt, spricht Bände und es sprach zu mir. Wie hätte ich da Nein sagen können? Oder ihm widersprechen.

Er hatte ja recht, am Anfang ist alles neu und alles viel und alles viel zu schwer. Neue Kollegen brauchen einfach ein bisschen Unterstützung. Ein klein bisschen Hilfe, ohne dass man eine Gegenleistung erwartet. Und Niklas zu helfen, hieß, dass man mit einem Lächeln belohnt wurde, dass er einem einen Kaffee aus der Küche mitbrachte. Da er den ganzen Tag angestrengt vor seinem Computer saß und auf den Tasten herumdrückte. Es schien ihn die Plakatgestaltung wirklich voll und ganz auszufüllen und ich hoffte, dass er sich noch ein bisschen einarbeiten würde, denn im Moment schaffte er kaum mehr als ein bisschen am Plakat zu basteln, während er mir den ganzen Tag gegenüber saß. Niklas und ich, wir würden uns gut ergänzen. Gut zusammen arbeiten. Delegieren und unterstützen. Teamwork eben.

Drei Wochen später wurde das Plakat gedruckt und ich hoffte sehr, dass Niklas nun mehr Zeit haben würde, mich zu unterstützen, doch irgendwie klappte es nicht so gut, wie ich erwartet hatte. Er nahm eine Rechnung und arbeitete sie über den ganzen Tag ab, dann fragte er mich nach Unterstützung. Ich war ratlos und ging zu dem Kollegen aus dem zweiten Stock. Vielleicht war im Marketingbereich so viel liegen geblieben, dass Niklas dort noch Aufgaben übernehmen musste. Freiwillig. So engagiert, wie er war. Ein wahres Goldstück. Nicht nur vom Aussehen, auch von seiner Qualifikation.

Als ich die Tür zur Marketingabteilung – oder besser zu Kai, dem Mann aus dem zweiten Stock öffnete, hörte ich ein Stöhnen. Ob ich auch noch Aufgaben für ihn hätte. Ob es nicht reichen würde, dass ich Niklas die ganze Zeit einspannen würde. Er hatte gehofft, dass Niklas ihn unterstützen würde, doch davon merke er nichts.

Ich war platt. Wie? Niklas unterstützte mich? Er hatte doch die Plakate entwickelt. Nein. Kai hatte die Plakate erstellt. Schon wieder blieb mir die Sprache weg. Kurzerhand nahm ich Kais Hand, zog ihn hoch vom Stuhl und wir machten uns auf zu unserer Chefin. Kai war das komplette Gegenteil von Niklas. Von der vielen Arbeit hatte Kai einen Bauchansatz und sein Lächeln war eher schief als sexy. Aber ehrlich. Und mit diesem ehrlichen Lächeln gingen wir nun zur Leitung. Irgendwas lief hier doch gehörig schief. Welche Aufgaben hatte Niklas die letzten sieben Wochen bearbeitet? Mich hatte er nicht unterstützt. Kai hatte er nicht unterstützt.

Doch als wir unserer Leitung diese Nachricht mitteilten, verzog sie kaum eine Augenbraue. Wir würden uns das einbilden. Ein so qualifizierter Mitarbeiter. Wir müssten uns nur mit der Einarbeitung etwas mehr anstrengen. Niklas nicht überfordern, ihm seine Aufgaben besser erklären. Außerdem habe er doch in den letzten Wochen die Plakate erstellt und alle Abrechnungen der Projekte übernommen. Kai und mir versagten fast die Knie. Niklas hatte doch tatsächlich unsere Arbeit als seine eigene ausgegeben! Und das, ohne mit der Wimper zu zucken. Doch das Schlimmste war nicht, was Niklas gemacht hatte. Das Schlimmste war, dass unsere Chefin ihm glaubte. Sie nahm ihm ab, dass er all diese Aufgaben eigenverantwortlich erledigt hatte. Dass Niklas es war, der den Großteil der Arbeit geleistet hatte und dass Kai und ich uns ein Beispiel nehmen sollten.

Das war der Moment, wo ich beschloss, mein schönes großes Büro mit Südseite und Balkon zu tauschen gegen das kleine Büro bei Kai. Lieber ein Kollege mit schiefem Lachen und Bauch als ein Kollege, der einen ausnutzt. Und nichts anderes war es ja, was Niklas in den letzten Wochen mit uns beiden gemacht hatte. Er hatte uns ausgenutzt. Und wir hatten uns blenden lassen. Von seinem Lächeln, von seinem Aussehen, von seiner sympathischen Art. Doch damit war von diesem Tag an Schluss. Sollte Niklas doch sehen, wie er die Aufgaben bewältigte. Unsere Einarbeitung war abgeschlossen. Auf Unterstützung oder Verständnis würde er, dank seiner Lügen, nun vergeblich hoffen. Wir würden uns nicht mehr von seinem strahlenden Lächeln blenden lassen.

__Christina Reinemann__ wurde 1982 in Kassel geboren. Sie studierte Geschichte, Psychologie und Chemie an der Universität Oldenburg. Im Jahre 2023 erschienen ihre Kurzgeschichten „Qualitätsmanagement" und „Lebe, Liebe, Lache" in einer Anthologie.

Was denn nu?

Silvia darf das erste Mal mit ihren Freundinnen alleine in die Stadt. Aber auch nur, weil Lisa und Anjas große Schwestern dabei sind. Die beiden Siebzehnjährigen sollen auf die vier Mädchen aufpassen.

Silvia winkt ihrer Mama, als die Mädchen sie abholen und anschließend zur Straßenbahn laufen. Sie ist aufgeregt. Schon lange bewundert sie ihre Freundinnen, die alleine in die Stadt dürfen. Aber das ganze Betteln hat bis jetzt nicht geholfen. Doch nun durfte sie mit und war darüber sehr froh.

Sie fahren bis in die Stadtmitte und setzen sich als Erstes in eine Eisdiele. Dort gönnen sie sich leckere Becher voller kalter Gaumenfreude. Nach dem Bezahlen gehen sie durch die Läden. C& A, Thalia, H&M, Karstadt, Müller und weitere Läden. Sie schlendern hindurch, sehen sich die Artikel der Geschäfte an, Kleidung wird anprobiert und präsentiert. Manches wird von ihnen gekauft und anderes landet wieder in den Regalen. Nach einem kurzen Stopp im McDonalds geht es weiter. Silvia kauft sich in einem kleinen Schmuckladen einen neuen Armreif.

„Der ist voll schön", bestätigt ihr Anja.

„Ja, das ist er wirklich. Ich glaube, ich hole mir den auch. Wartet ihr hier?", fragt ihre große Schwester. Alle nicken und die beiden Großen rennen zu dem kleinen Laden zurück.

Als sie wiederkommen, haben sie sogar zwei an ihrem Handgelenk, die bunt glitzern.

„Voll schön", sagt Silvia. Sie freut sich, wenn sie größer ist und mehr Taschengeld bekommt, dann kann sie sich auch mehr leisten.

Die Freundinnen gehen die Straße weiter entlang und bummeln durch die Läden. Mit bereits vollen Taschen laufen sie in den Saturn, das letzte Geschäft. Dahinter ist die Straßenbahn, die sie zurück nach Hause bringt. Silvia findet das auch gut. Es ist zwar schön, mal ohne Eltern unterwegs zu sein, aber eben auch anstrengender.

Während die Großen bei den Spielen für Konsolen stehen, sind

Silvia und ihre Freundinnen bei den CDs. Da entdeckt sie das Album von *Dua Lipa*. Schnell greift sie die Platte und läuft zu den Kopfhörern. Lisa stellt sich zu ihr und hört mit. Beide wippen mit den Köpfen.

„Die muss ich haben", ruft Silvia aus, als sie alle Tracks einmal angehört hat. Doch als sie auf den Preis sieht, schwant ihr Übles. Ob sie die vierzehn Euro noch hat, weiß sie nicht. Schnell holt sie ihren Geldbeutel heraus. Nur noch drei Euro befinden sich dadrin.

„Und?", fragt Lisa.

Traurig schüttelt Silvia den Kopf. „Nein, mir fehlen elf Euro." Sie legt die CD zurück.

„Klau sie", flüster ihre Freundin ihr zu.

„Was?"

„Nimm sie mit, das macht meine Schwester andauernd."

Silvia kann ihre Freundin nur anstarren. Hat sie das gerade richtig verstanden?

„Tu das nicht", sagt eine Stimme in ihrem Kopf, „das bringt dich nur in Schwierigkeiten."

Und eine andere ruft laut: „Da ist nichts dabei, das tut jeder und die Lieder sind doch wirklich gut. Die musst du haben."

„Sie tun das andauernd?", hinterfragt Silvia.

„Klar. Denkst du wirklich, sie bekommen so viel Taschengeld?"

„Du bist doch ein braves Mädchen, die machen das nicht", sagt die eine Stimme.‹

Und die andere: „Aber wie cool wäre das, die Musik heute Abend beim Schlafengehen anzuhören?"

Silvia weiß nicht, auf wen sie hören sollte. Ihr ist nur klar, stehlen ist falsch und kann sie in Schwierigkeiten bringen. Außerdem würden ihre Eltern sie so schnell nicht wieder allein in die Stadt lassen. Darum schüttelt sie den Kopf. „Ich frag meine Eltern, ob sie mir die holen. Vielleicht bekomm ich dann heute Abend die MP3 gleich."

„Quatsch, so hast du es sicher und nicht vielleicht."

„Ich mach es trotzdem nicht."

„Siehst du, sie ist ein gutes Mädchen", hört sie wieder in ihrem Kopf und es macht sie stolz. Sie sieht sich um, erblickt die anderen Mädels an den Kopfhörer und geht zu ihnen. Sie haben Taylor Swift im Ohr.

„Und?", fragt Anja.

„Das Album ist klasse, aber ich hab nicht mehr genug Geld dabei."
„Das ist doof."
Silvia nickt. „Aber ich werde nachher Mama und Papa fragen, vielleicht laden sie es mir herunter."
„Ich drück dir die Daumen."
Silvia lächelt und ist froh, dass Anja nicht auf die gleiche Idee gekommen ist wie Lisa.
Diese hören sie kurz darauf schreien: „Lassen Sie mich los!"
Ein Mann in schwarzer Kleidung, auf der Gelb *Security* steht, hält sie am Arm fest.
„Lass mich los!", brüllt sie weiter.
„Was machen Sie da? Lassen Sie sie los!", kommt nun Lisas Schwester zu ihr.
Anja schnaubt neben ihr. „Sie lernt es nicht."
„Was lernt sie nicht?", hinterfragt Silvia.
„Das Klauen sein zu lassen. Das ist jetzt schon das vierte Mal."
Silvia kann sie nur anstarren. „Echt jetzt?"
„Jap."
„Wir sollten gehen. Sonst dürfen wir uns von unseren Eltern bei der Polizei abholen lassen."
„Aber ich habe nichts getan!"
„Mit gehangen, mit gefangen. Wie gesagt, es ist nicht das erste Mal."
„So schlimm?"
Sie nicken und gehen los. Silvia folgt ihnen, an der Tür sieht sie noch mal zu ihrer Freundin um, die immer noch mit dem Mann herumstreitet. Sie ist mehr als froh, sich dagegen entschieden zu haben.

Luna Day *lebt mit ihrer Familie in Augsburg.*

Energēma – Besessenheit

Langsam kam Lucy wieder zu sich und öffnete verwirrt die Augen. Sie saß an einem romantisch gedeckten Tisch in einem fremden Haus.

„Ich sehe, du bist wach, mein Engel."

Erschrocken wirbelte Lucy herum. „Tom?", fragte sie verwundert. „Wo sind wir? Was ist passiert?"

Tom hauchte ihr einen zarten Kuss auf den Scheitel und sprach: „Keine Sorge, Liebes. Weißt du noch, wir waren zum Essen verabredet und ich wollte dich mit einem romantischen Dinner bei mir zu Hause überraschen."

„Wir sind bei dir zu Hause?", fragte Lucy erschrocken. Ja, sie wollten essen gehen, jedoch in einem Restaurant. Zuvor hatten sie einen Aperitif in einer Bar getrunken, dann waren sie losgefahren. Ab diesem Moment jedoch verloren sich ihre Erinnerungen. Tom hatte sie also allen Ernstes mit zu sich nach Hause genommen und somit ihre Vereinbarung missachtet! Lucy spürte, wie Wut in ihr aufstieg. „Du kennst doch meine Regel! Du wusstest, dass ich nicht mit zu dir kommen würde, und hast mich hintergangen!"

Tom seufzte. „Ich weiß, mein Engel: keine privaten Treffen. Aber das ist doch lächerlich! Wir gehen nun schon seit drei Monaten miteinander aus, doch immer an öffentlichen Orten. Die Kennenlernphase haben wir doch längst hinter uns. Hier bei mir sind wir ganz ungestört."

Tom war aufgeregt. Endlich hatte er die Frau seiner Träume dort, wo er sie schon so lange haben wollte. Lucy war perfekt: wunderschön, unschuldig und rein. Er hatte gewusst, dass sie niemals freiwillig mitgekommen wäre, daher hatte er ihr unauffällig das Betäubungsmittel in den Aperitif gemischt. Dieses hatte gewirkt, kaum dass sie losgefahren waren. Heute würde er dafür sorgen, dass Lucy ihn niemals mehr verlassen würde. Sie würde ihm gehören, für immer.

Inzwischen hatte sich Lucy genauer umgesehen und ihr waren die zahlreichen leblosen Augen aufgefallen, die sie zu beobachten schienen. „Sind all diese Tiere ausgestopft?", fragte sie mit Unbehagen.

„Gefällt dir meine Sammlung?", fragte Tom. „Ich habe sie alle selbst präpariert. Diese Exemplare sind herkömmlich ausgestopft, doch es gibt noch weitere Objekte im Haus, die deutlich besser präpariert sind, da ich auf Plastination umgestiegen bin. Es fühlt sich göttlich an, ewige Schönheit zu erschaffen."

Lucys Augen verengten sich. „Göttlich?", knurrte sie regelrecht und blickte Tom angewidert an. „Was soll daran *göttlich* sein, wenn man all diese Leben vernichtet, nur um eine seelenlose Hülle zu besitzen?" Dann ergriff sie ihr Glas, schnupperte daran und lächelte kühl.

Tom schauderte. So hatte er seinen Engel noch nie gesehen. Lucy wirkte plötzlich fremd und bedrohlich.

„Das sind diesmal aber keine K.-o.-Tropfen", knurrte sie mit einer dunklen, völlig fremden Stimme.

„Was meinst du?", stammelte Tom erschrocken über diese unheimliche Veränderung.

„Lucy mag naiv sein, ich aber wusste, dass du etwas in den Drink gegeben hast. Ich war neugierig und wollte sehen, was du vorhattest."

Tom verstand nicht, wieso Lucy plötzlich in dritter Person von sich redete. Was passierte hier? Entsetzt sah er, dass das schöne Himmelblau ihrer Iris mit einem Mal von kompletter Schwärze ersetzt wurde. Das war nicht mehr seine Lucy! Das konnte doch nicht sein! Es war so schwierig gewesen, die perfekte Frau zu finden, welche die Krönung seiner Sammlung werden sollte, und nun entpuppte sich diese als ein Monster?

„Das Beste deiner Sammlung wirst du Lucy wohl nicht zeigen, nicht wahr? Da sind nicht nur Tiere. Ich kann das Klagen der ruhelosen Seelen deutlich hören. Sie sind an diesen Ort gebunden. Ich vermute, das Abendessen war nur ein Vorwand. Du hattest etwas ganz anderes mit Lucy vor. Du wolltest sie vergiften, damit auch ihr wunderschöner Körper Teil deiner ganz speziellen Sammlung wird, stimmt's?"

Entgeistert blickte Tom sein Gegenüber an.

„Jetzt antworte!", brüllte die tiefe Stimme, die keinesfalls Lucy gehörte.

„Ja, verdammt! Der Wein ist vergiftet", gestand Tom. „Und das mit der speziellen Sammlung stimmt ebenfalls. Du hättest mein Meisterwerk werden sollen."

„Dann sollte Lucy sich wohl geehrt fühlen." Toms Gegenüber lachte amüsiert. „Aber anscheinend hast du es dir anders überlegt. Gefällt dir dein Engel nicht mehr?"

„Du bist nicht Lucy!", entfuhr es Tom. „Was in Gottes Namen bist du?"

„In Gottes Namen?" Toms Gegenüber verzog das Gesicht. „Jetzt werde doch nicht gleich beleidigend! Ich dachte, du willst mich", schnurrte es.

„Ich wollte Lucy!", entgegnete Tom, doch sogleich wurde er von seinem Gegenüber verbessert: „Du wolltest lediglich Lucys schönen Körper. Tja, tut mir leid, aber der gehört mir. Vielleicht verstehst du jetzt, was zum Teufel ich bin."

Trotz seiner Angst war Tom wütend. Er hatte Lucy auserwählt, weil sie so schön und so rein war. Doch in Wahrheit war ihr Körper besudelt von diesem …

„Dämon! Du bist ein Dämon", stellte Tom entsetzt fest. „Lucy ist besessen."

Sein Gegenüber klatschte in die Hände und nickte zustimmend. „Vor einigen Jahren war ich auf der Suche nach einer reinen Seele und fand Lucy. Ich besetzte diesen engelsgleichen Körper. Da Lucy weiß, dass da eine dunkle Macht in ihr schlummert, ist sie sehr darauf bedacht, niemanden in Gefahr zu bringen. Daher verabredet sie sich ausschließlich an öffentlichen Orten. So wollte sie auch dich vor mir schützen. Sie war ja so verliebt in dich!"

„Du elendes Monster!", entfuhr es Tom.

„Wer ist hier das Monster? Du hast ein seltsames Hobby, das du als etwas Göttliches definierst, doch tatsächlich ist es wohl eher teuflischer Natur, was dich irgendwie sympathisch macht. Wir sind uns ähnlicher als gedacht: Wir nehmen Besitz von fremden Körpern." Er zwinkerte Tom verschwörerisch zu. „Dennoch haben wir jetzt leider ein Problem."

„Ein Problem?", presste Tom hervor.

„Du scheinst regelrecht besessen von Lucy, doch Lucy ist besessen von mir, im wahrsten Sinne des Wortes. Drei ist einer zu viel und nebenbei bemerkt keine schöne Zahl."

„Du willst mich töten." Toms Stimme war kaum mehr als ein Hauch, als er begriff.

„Ich habe keine Wahl", meinte der Dämon bedauernd. „Jetzt, wo du Lucys wahres Gesicht kennst."

„Du könntest von mir Besitz ergreifen", überlegte Tom. „Dann wäre Lucys Körper frei und gemeinsam hätten wir viel Spaß."

„Klingt verlockend", säuselte der Dämon.

„Nicht wahr?", meinte Tom hoffnungsvoll. „Wir könnten Lucy gemeinsam plastinieren. Eigentlich sollte sie mein Meisterwerk werden, doch es gibt sicherlich noch weitere schöne Exemplare."

„Gewiss." Der Dämon grinste hämisch und begutachtete Tom mit gierigem Blick.

„Dann bist du einverstanden? Du lässt mich weiterleben, wenn ich dir meinen Körper überlasse?", fragte Tom hoffnungsvoll.

„Das würde ich wirklich gerne", versicherte der Dämon. „Aber da gibt es leider einen Haken: Ich ernähre mich von Seelen. Ich verzehre sie langsam und genüsslich. Je reiner eine Seele, desto verlockender der Wirt. Doch sobald die Seele irgendwann gänzlich verzehrt ist, so ist der Körper nicht weiter von Nutzen."

„Dann magst du meine Seele nicht?", fragte Tom verunsichert.

„Nun, das Problem ist, dass so einer wie du gar keine Seele mehr besitzt, weshalb du als Nahrungsquelle nicht für mich infrage kommst."

„Ich habe keine Seele?", ungläubig und entsetzt blickte Tom in die nachtschwarzen Augen seines Gegenübers.

Dieses schüttelte bedauernd den Kopf. „Solch ein teuflisches Hobby hat stets seinen Preis – und du hast mit deiner Seele gezahlt. Aber da du mir deinen Körper angeboten hast und dir so viel an ewiger Schönheit liegt, verspreche ich dir, dass ich deine Sammlung vervollständigen werde – mit dir als Meisterwerk."

Pamela Murtas, *1975 in Frankfurt-Höchst geboren, lebte seit ihrem zehnten Lebensjahr in Italien, wo sie an der Deutschen Schule Mailand ihr Abitur absolvierte. Nach drei Jahren Moskauaufenthalt kehrte sie nach Italien zurück, um in Rom professionellen Reitsport zu betreiben. Seit 2007 wohnt sie erneut in Deutschland. Neben ihrem vierteiligen Abenteuerroman „Destini" hat sie in verschiedenen Anthologien veröffentlicht.*

Ein böser Traum

Werner beschleunigt seinen Gang merklich. Nicht nur, weil er sich sputen muss, um pünktlich am vereinbarten Treffpunkt zu sein. Vor allem hat er auch keine Lust – wie es anderen zu ergehen scheint – sich von wildfremden *Seelenfischern* anquatschen zu lassen. Er erinnert sich an die wiederholten Mahnungen seiner Mutter, sich ja nie auf irgendwelche Sektierer einzulassen. Und die Handvoll Männer, welche da an der Zürcher Bahnhofstraße um einen Tisch mit Büchern stehen, machen eindeutig den Eindruck, solche zu sein. Dazu passt auch das Plakat mit der eindringlichen Aufforderung in großen Lettern: *Lies!* Abgesehen davon, dass er an Fisimatenten kein Interesse hat. Ein Bewerbungsgespräch steht an.

Und es lohnte sich, sich zu sputen. Drei Gesprächstermine und vier Wochen später flattert ein Brief ins Haus. Mit der Zusage, dass man sich freue, ihm mitteilen zu dürfen, dass bei der Vergabe der Arbeitsstelle, um die er sich beworben habe, die Wahl auf ihn gefallen sei.

Nach dem Stellenantritt ist es ein Ritual, in der Mittagspause nach dem Lunch noch ein wenig zu flanieren, um – wie sein Pate jeweils zu sagen pflegte – als vom Land und die Stadt gebummelter Bauernlümmel die neue Umgebung zu erkunden. Und wie es so geht. Die Neugier lässt Mutters Ratschläge vergessen gehen und Werner stehen bleiben, um – gut, mit sicherem Abstand – zu beobachten, was sich da um diesen – außer freitags – tagein, tagaus dastehenden Büchertisch überhaupt abspielt. Mit gehässigen Handbewegungen signalisieren viele derer, die angesprochen werden, ihr unmissverständliches Desinteresse. Andere lassen sich auf Gespräche ein. Hie und da verlässt dann der eine oder die andere den Stand erst nach längerer Zeit wieder. Oft mit einem der Bücher unter dem Arm.

„Hallo", sagt an einem warmen Mittag ein Unbekannter zu Werner und stellt sich vor: „Ich heiße Ismael. Es freut mich, dass du Interesse an Allah zu haben scheinst."

Überrascht stammelt Werner, der den von hinten an in Herantretenden nicht wahrgenommen hatte: „Ein andermal vielleicht, ich muss …"

„Dann nimm wenigstens das hier mit", sagt dieser Ismael und streckt ihm eine Broschüre zu. Achtlos steckt sie Werner in die Innentasche seines über den Arm gelegten Vestons und schaut, dass er wegkommt.

Die nächste Zeit meidet Werner die Szenerie weiträumig.

In der großen Stadt zu leben, hat er sich aber definitiv anders vorgestellt. Viele Leute – und trotzdem allein … An einem langweiligen Abend fingert Werner nach der schon im Altpapier entsorgten Broschüre.

„Tatsächlich", staunt er und schaut das Blättchen genauer an. „Ups, auf einer Fotografie ist ja dieser Ismael abgebildet, der eigentlich Rolf heißt, aus einem der Täler im weitläufigen Kanton Graubünden stammt und eine ziemliche Kehrtwende hinter sich haben muss." Er berichtet in der Schrift von gefundenen Werten, Sinn im Leben und einem Zuhause, welches er in der Moschee und vor allem dank dem Lesen des Korans bei Allah gefunden habe. Mit einem diffusen Gefühl im Bauch legt Werner das Blättchen zur Seite.

„So ein Schmarren", sagt sein Kopf.

„Und wenn doch etwas daran ist?", der Bauch.

Im Unterbewussten wirkt das Gelesene. „Ich könnte ja mal kurz schauen gehen, ob die Typen noch da sind", sagt sich Werner eines Abends nach Arbeitsschluss beim Verlassen des Büros. Zeit hat er ja und nach der wiederholten Lektüre des Blättchens muss er sich eingestehen, dass dieser Ismael zu haben scheint, was er eigentlich sucht. Dazu beginnt die auf dem Plakat einst als Imperativ wahrgenommene Aufforderung *Lies!* je länger je mehr wie eine Einladung zu klingen.

Tatsächlich, sie sind noch da, aber gerade beim Zusammenräumen. Werner freut es irgendwie. Ismael schaut Werner an, nickt, und als dieser den Blick erwidert, kommt er auf ihn zu.

Er sagt fragend: „Wir haben doch schon einmal zusammen gesprochen, oder …?"

„Ein paar Worte gewechselt und dann hast du mir diese Broschüre gegeben", gibt Werner zur Antwort. Er nestelt sie aus seiner Innentasche der Jacke hervor, streckt sie seinem Gegenüber entgegen und sagt: „Wenn das stimmen würde, wäre das schon noch eine Sache." Sie queren die Straße und in einem Café sprechen sie lange miteinander. Es ist schon dunkel, als sich Werner auf den Heimweg macht. Mit einem Koran unter dem Arm. Im Bus schlägt er verstohlen um sich blickend die von Ismael auf einen Zettel gekritzelten Seiten auf.

Sure 2, Al-Baqara, die Kuh. Im Namen Allahs, des Allerbarmers, des Barmherzigen. Alles Lob gebührt Allah, dem Herrn der Welten. Dies ist (ganz gewiss) das Buch (Allahs), das keinen Anlass zum Zweifel gibt, (es ist) eine Rechtleitung für die Gottesfürchtigen … Sure 24:18, … und Allah erklärt euch die Gebote; denn Allah ist Allwissend, Allweise. Sure 102:1, Das Streben nach mehr lenkt euch so lange ab, bis ihr die Gräber besucht …

„Na ja", murmelt Werner, „irgendwie …" Klappt das Buch zu und steigt aus.

Ob beim sporadischen Stöbern oder systematisches Lesen. Vieles bleibt Werner unverständlich. Anderes klingt tröstlich, hinterlässt ein wohliges Gefühl. Er entscheidet sich, den Koran nicht wegzuwerfen, sondern sich mit Ismael über das Unverständliche zu unterhalten. Denn, er kann es nicht leugnen: Was er von diesem gelesen, und insbesondere, was dieser ihm an jenem Abend erzählt hatte, macht ihm noch heute Eindruck.

Sechs Jahre später:
Werner trägt einen Bart, heißt jetzt Jusuf, ist ein anerkanntes Mitglied der Moschee und verheiratet. Exakt in dieser Reihenfolge ist er Muslim geworden. Und würde er ein Traktätchen schreiben, es würde das Gleiche darin stehen, was er vor Jahren bei Ismael damals gelesen hatte. Dazu ist es für ihn bemerkenswert, dass er nach seinem Konvertieren – auch wenn er dadurch bei vielen für Kopfschütteln und gar Entsetzen gesorgt hatte – sich wahrgenommen fühlt. Im Gegensatz zu vorher, als er in einem grauen Nebel der Belanglosigkeit umherfloatete.

Diese positiven Erfahrungen machen ihm Mut für mehr. Er beginnt, sich für seinen neuen – eigentlich ersten, *richtigen* – Glauben zu engagieren, ja exponieren. Was von der Versammlung wohlwollend wahrgenommen wird und ihm – neben dem Kopfschütteln zu

Hause – Anerkennung bringt. So nimmt er die Einladung gerne an, sich gegebenenfalls für eine *höhere* Aufgabe bereit zu halten.

Nochmals zwei Jahre später:
Eine muslimische Touristengruppe schlendert am Ostersamstag durch die Lauben der Berner Altstadt. Das ist keine Seltenheit. Aber diese Burkaträgerin dort ... Wie die immer wieder nervös um sich schaut. Und jetzt setzt sie sich von der Gruppe ab. Durch das Obere Gerechtigkeitsgässchen strebt sie der Junkerngasse zu und dieser entlang dem Berner Münster entgegen. Zügigen Schrittes, rumpelnd den Rollkoffer hinter sich herziehend.
Eine Szenerie, welche die zwei vor dem Erlacherhof – dem Sitz des Stadtpräsidenten – stehenden Polizisten befremdet die Stirn runzeln lassen. Sie nicken einander zu und nähern sich langsam der Frau.
„Warten Sie bitte einen Augenblick", sagt der eine. „Madame, veuillez patienter un instant s'il vous plaît. Please, wait a moment, Madam ..."
Woran die Angesprochene kein Interesse zu haben scheint. Sie lässt denn Koffer fallen, entledigt sich der Burka und rennt davon. Als bärtiger Mann ...

„Schatz, es ist Zeit, um aufzustehen", ruft eine Frauenstimme.
Schweißgebadet setzte sich Werner im Bett auf und reibt die Augen. „Woah, was war denn das", stöhnt er. „Wo bin ich?"
„Zu Haus natürlich. Und vorwärts jetzt", echot es aus der Küche. „Um pünktlich in der Kirche zu sein, müssen wir in einer halben Stunde losfahren."
„Schon?"
„Klar doch, habt ihr nicht vorgängig noch Chorprobe?"

Hans Peter Flückiger, geboren 1952, wohnt in Solothurn (Schweiz). www. geschichten-gegen-langeweile.com.

Kater Pelito, frecher Bengel oder Engel, je nachdem …

Kater Pelito ist ein Frechdachs,
'ne veritable Nervensäge,
in seinen Pfoten werd ich zu Wachs,
reagiere mit Schimpfen träge.

Er ist gewieft und trickst mich gern aus,
wickelt mich häufig um die Pfoten,
liegt auf der Lauer, spielt Katz und Maus
mit mir – obwohl es ist *verboten*.

Gern erschreckt er mich, fast zu Tode,
setzt schlaues Köpfchen durch mit Nachdruck,
selten durchschau ich die Methode,
Ärger ich verschämt herunterschluck.

Sobald gewitzter Katzenbengel
im süßen Schlummer von Liebe träumt,
sieht er so hold aus wie ein Engel,
wirkt innerlich völlig aufgeräumt.

Den Kater umgibt goldenes Licht
und ein ätherisches Flügelpaar
schmiegt sich an seinen Körper ganz dicht,
den Heiligenschein wird man gewahr.

Es umfängt ihn heilige Stille,
voller Ehrfurcht lächle ich ihm zu,
mit Herzchen in jeder Pupille
bewundere ich ihn – immerzu.

Ingrid Baumgart-Fütterer

Schatten über Heidelberg

In der idyllischen Stadt Heidelberg lebte Clara, eine Frau, die für ihre Großzügigkeit und Hingabe bekannt war. Mit ihrem engelhaften Lächeln trat sie als Wohltäterin auf, die sich leidenschaftlich für soziale Angelegenheiten engagierte. Sie half bei der Essensausgabe für Bedürftige und war eine ständige Präsenz in der lokalen Kirche. Ihre Anwesenheit strahlte Wärme und Vertrauen aus und sie wurde von allen geschätzt und bewundert.

Plötzlich erschütterte eine Serie von unerklärlichen Diebstählen die Stadt. Wertvolle Antiquitäten verschwanden aus den Häusern und die Polizei stand vor einem Rätsel. Angesichts der wachsenden Sorge in der Gemeinde wurde der junge Polizist Lukas auf den Fall angesetzt.

Beim Betreten des alten, beeindruckenden Anwesens von Frau Winter wurde Lukas von knarrenden Dielenböden empfangen. Im schwach beleuchteten Wohnzimmer traf er auf die Gastgeberin, die ihn besorgt anschaute.

„Herr Meier, ich bin so erleichtert, dass Sie hier sind", sagte sie.

„Guten Morgen, Frau Winter. Ich hoffe, ich kann Ihnen helfen, Licht in diese unglückliche Angelegenheit zu bringen. Was genau ist verschwunden?", fragte Lukas.

Frau Winter führte ihn zu einem kleinen Tisch, auf dem ein aufwendig verziertes Schmuckkästchen stand. „Es ist eine Halskette, ein Erbstück. Nicht nur äußerst kostbar, sondern auch von unschätzbarem emotionalem Wert für mich." Ihre Finger zitterten, als sie das leere Kästchen öffnete.

„Gab es in den letzten Tagen irgendwelche Vorfälle oder Besuche, die Ihnen seltsam vorkamen?", forschte Lukas nach.

Sie zögerte, bevor sie antwortete. „Nun, Clara war hier, eine gute Freundin aus der Kirche. Aber sonst? Niemand Ungewöhnliches."

„Und war Clara zu irgendeinem Zeitpunkt allein im Haus?"

Frau Winter überlegte kurz. „Ich bereitete in der Küche Tee zu.

Clara blieb ungefähr fünf Minuten allein im Salon. Doch sie ... sie käme niemals auf solch eine Idee."

„Ich verstehe. Wir müssen jedoch alle Möglichkeiten in Betracht ziehen, Frau Winter."

Am nächsten Morgen wartete Lukas bereits an der Heiliggeistkirche, als Clara die altehrwürdigen Tore verließ. Ohne Umschweife kam er zur Sache. „Clara, ich brauche Ihre Hilfe. Es geht um die Einbrüche, die Heidelberg erschüttern. Sie sind gut vernetzt, vielleicht haben Sie etwas bemerkt, das uns weiterhelfen könnte."

Clara, sichtlich überrascht, nickte zögerlich. „Ich gebe mein Bestes, Lukas. Welche Informationen benötigen Sie?"

„Kennen Sie Frau Winter? Ihr wurde eine wertvolle Halskette gestohlen."

Clara zögerte kurz. „Ja, flüchtig, von ein paar Veranstaltungen hier in der Gemeinde. Aber gesehen habe ich sie schon seit Wochen nicht mehr. Warum fragen Sie?"

„Nur aus Neugier", erwiderte Lukas. „Ich dachte, vielleicht könnten Sie ein bisschen Licht ins Dunkel bringen. Bitte informieren Sie mich, sobald Sie Neuigkeiten haben."

Lukas saß in seinem Büro, umgeben von umfangreichen Akten und zahlreichen Ordnern, die sein Denken einengten. Das gedämpfte Licht der Schreibtischlampe beleuchtete sein besorgtes Gesicht, während er eine Telefonnummer wählte, die er aus einer der Akten herausgeschrieben hatte. Ein paar Töne später meldete sich eine Stimme am anderen Ende der Leitung.

„Hauptkommissar Weber, guten Tag. Mein Name ist Lukas Meier, ich arbeite an einem Fall hier in Heidelberg."

„Guten Tag, Herr Meier. Wie kann ich Ihnen behilflich sein?"

Lukas räusperte sich. „Ich ermittle gegen eine gewisse Clara Müller, die früher in Ihrer Stadt lebte. Mir liegen Hinweise vor, dass sie möglicherweise in mehrere Einbrüche verwickelt war, bevor sie zu uns kam."

Am anderen Ende der Leitung herrschte einen Moment lang Stille, bevor Hauptkommissar Weber antwortete. „Ah, Clara Müller. Ja, ich erinnere mich gut an sie. Ihre Zeit hier war ... interessant. Sie war in vielen sozialen Projekten aktiv, sehr engagiert in der Gemeindearbeit. Aber dann gab es diese Serie von Diebstählen – und alles deutete darauf hin, dass sie irgendwie involviert war."

„Können Sie mir mehr darüber erzählen? Gab es Besonderheiten, die Ihnen auffielen?", fragte Lukas, während er hastig Notizen machte.

„Nun, das Seltsame war, dass die Vorfälle aufhörten, als Clara die Stadt verließ. Und es war nicht nur bei uns so. Ich habe ein bisschen nachgeforscht, nachdem sie weg war. Es scheint, als hätte sie jedes Mal, wenn der Druck zu groß wurde, einfach den Ort gewechselt."

Lukas dankte dem Hauptkommissar und legte auf. Er lehnte sich zurück und starrte nachdenklich auf die Notizen vor sich. Er beschloss, Clara persönlich damit zu konfrontieren, um ihre Geschichte zu hören.

Vom Fenster des Cafés aus konnte Lukas das Heidelberger Schloss sehen, das majestätisch und doch ruinenhaft über der Stadt thronte. Es erinnerte ihn daran, dass selbst die stärksten Strukturen im Laufe der Zeit erodieren, genauso wie das Vertrauen, das er in Clara gesetzt hatte. Er blickte auf, als sie sich näherte. „Clara, danke, dass Sie gekommen sind".

„Natürlich, Lukas. Was ist so wichtig, dass es nicht warten konnte?"

„Es geht um die Diebstähle und Betrügereien hier in Heidelberg. Meine Ermittlungen der letzten Wochen haben einige Verbindungen zu Ihnen aufgedeckt."

Claras Augen weiteten sich, als sie Lukas' Worte hörte. „Das kann einfach nicht sein. Sie kennen mich, Sie wissen, wie ich zu dieser Gemeinde stehe. Warum sollte ich so etwas tun?"

„Es fiel mir schwer, das zu glauben, Clara. Aber ich habe Beweise, die alles andere als erfreulich sind. In jeder Stadt, in der Sie gelebt haben, gab es ähnliche Vorfälle bis zu Ihrem Weggang."

„Lukas, ich ... ich denke, ich schulde Ihnen eine Erklärung", begann sie zögerlich. „Ich habe in meinem Leben viele Fehler gemacht. Nach dem Tod meiner Eltern stand ich ganz allein da, ohne finanzielle Unterstützung oder Familie. Ich begann, Antiquitäten zu stehlen, um über die Runden zu kommen. Jede Stadt, die ich verließ, war ein Versuch, neu anzufangen, aber meine Vergangenheit holte mich immer wieder ein."

„Das mag sein, Clara. Aber denken Sie an die Menschen, die Sie hintergangen haben, sie hatten auch ihre Probleme."

„Ich bereue einige meiner Entscheidungen. Aber können Sie mir nicht eine Brücke bauen? Vielleicht könnten wir gemeinsam einen Ausweg finden. Es muss doch nicht jeder davon erfahren."

Lukas schüttelte den Kopf. „Das geht nicht, Clara. Es wäre nicht richtig. Die Wahrheit muss ans Licht kommen."

„Und wenn ich jetzt einfach gehe? Was dann? Halten Sie mich auf?"

„Ja, das werde ich."

Clara stand langsam auf. Mit einem letzten, flehenden Blick versuchte sie, Lukas zu beeinflussen. Tränen schimmerten in ihren Augen. Dann drehte sie sich um und schritt mit hastigen Schritten durch das Café. Ihre Hand erreichte gerade die Türklinke, als zwei uniformierte Polizisten aus einem Nebenraum traten und sich ihr in den Weg stellten. Sie blickte erschrocken zurück zu Lukas, der immer noch am Tisch saß und das Geschehen aufmerksam beobachtete. Es gab einen Moment der Stille, dann führten die Polizisten sie weg.

Lukas verließ das Café. Während er die Straße entlangging, spiegelten sich die ersten Sonnenstrahlen in den Fensterscheiben der alten Gebäude wider. Heidelberg würde weiterleben, seine Schönheit, unberührt von den kleinen Dramen seiner Bewohner. Aber für diejenigen, die die dunklen Ecken dieser malerischen Stadt kannten, würde es immer eine Erinnerung daran geben, dass Licht und Schatten oft Hand in Hand gehen.

Volker Liebelt, *Jahrgang 1966, lebt in dem idyllischen Öhringen, einer Stadt, die seine Inspiration und Heimat gleichermaßen ist. In seinen Geschichten, die oft von tiefgründigen Charakteren und dramatischen Wendungen durchzogen sind, zeigt sich seine Liebe zur menschlichen Natur und seine Faszination für die verborgenen Seiten des Alltäglichen. Die vorliegende Erzählung vereint diese Elemente und zeigt, wie Licht und Schatten oft Hand in Hand gehen.*

Pferdeengel

Ein Engel einst zur Erde kam
mit einem wundervollen Plan.
Getarnt als kleiner Lausebengel,
in Wirklichkeit ein Pferdeengel.
Die Menschen wollte er beglücken,
die ganze Welt von sich entzücken.
Drum gab ihm Gott ganz viele Gaben,
Liebe sollte ihn stets tragen.
Ein Freund, der stets zur Stelle ist,
den niemand jemals mehr vergisst.
Mit Lebensfreude, Heiterkeit,
zu jedem Schabernack bereit.
Dabei geruhsam und sehr weise,
zeigte er sich oft auch leise.
Respektvoll, gütig, stets gelassen,
man konnte sich auf ihn verlassen.
Sensibel und sehr einfühlsam,
sanft nahm er sich jedem an.
Um ihn zu leiten durch das Leben,
ihm seine Gaben weitergeben.
Mit Mut, viel Kraft und Energie
teilte er sein volles Chi.
Er erfüllte viele Herzen,
umso mehr sind jetzt die Schmerzen.
Der Himmel rief ihn nun zurück,
wollt' selbst was haben von dem Glück.
Beseelt sein von dem Zauberwesen,
das so lange weg gewesen.
Einzigartig auf der Welt,
strahlt er jetzt am Himmelszelt.

Und gibt von oben auf uns acht,
die Liebe bleibt, die mal entfacht.
Ich wünsche dir zu jeder Zeit,
das Beste für die Ewigkeit.
Ich hoff', dass wir uns wiedersehn',
die Liebe wird niemals vergehn'.

Betty Kremp, *46 Jahre alt, Heilerziehungspflegerin, Fachkraft für tiergestützte Interventionen und Therapeutin für tiergestützte Therapie. Das Gedicht habe sie für Herrn Leikur – ein zauberhaftes Islandpferd – geschrieben, als er über die Regenbogenbrücke ging.*

Die Engel Chroniken – Der Ausreißer

Es war ein kühler Morgen im Herbst. Martin stand an der Gartenpforte der Elisenstraße und durchquerte diese. Ein Steinweg schlängelte sich durch einen Garten mit verblühten Rosen. Martin ging zur Haustür und drückte die Klingel mit dem Namensschild *Müller*.

Ein Vorhang bewegte sich und am Fenster erschien ein Junge mit zerzausten, braunen Haaren. Das Fenster ging auf und der Junge blinzelte verschlafen herunter. „Bin auf dem Weg!"

Martin setzte sich auf die Steinstufe. Er blickte auf seine Armbanduhr. Wenn sich sein Freund Kevin nicht bald sputete, würden sie noch beide zu spät kommen. Sollte dies der Fall sein, würde Martin zu seiner Klassenlehrerin gehen, die ihn gebeten hatte, Kevin morgens abzuholen, und die Aufgabe beenden. Er war zwar sein Freund, doch Kevin war nicht gerade ein Musterschüler. Manchmal glänzte Kevin mit Abwesenheit. War er jedoch anwesend, störte er den Unterricht mit Streichen. Er konnte von Glück reden, dass seine Klassenlehrerin Frau Hiller mitfühlend mit Kevin war. Sie drückte Augen zu, weil Kevins Mutter vor einem halben Jahr gestorben war. Seither hatte sich Kevin zu einem Rabauken verändert. Zwar wollte Martin ihm helfen, doch wollte er sich nicht von Kevin in Schwierigkeiten ziehen lassen.

In Gedanken versunken bekam Martin nicht mit, dass Kevin in diesem Moment aus der Tür gestürzt kam. Sein Hemd hing aus der Hose und seine Haare waren immer noch ungekämmt.

„Wir können los", sagte Kevin.

Martin deutete auf Kevins Haare. „Willst du so zur Schule? Die anderen werden sich über dich lustig machen."

„Und wenn", erwiderte Kevin desinteressiert. „Die rutschen mir den Buckel runter."

„Wie du meinst."

Die Freunde gingen einige Straßen entlang, bis die Schule in Sicht war. Ein altmodischer Bau mit einer Sport- und Schwimmhalle. Eine

Menge Schüler strömten an ihnen vorbei. Zwei Jungen standen vor dem Schultor und kicherten.

„Na, wer kommt denn da?", fragte der größere von beiden. „Wo hast du denn den zerzausten Affen aufgegabelt, Martin?"

„Ich wundere mich eh bereits, warum der überhaupt noch zur Schule darf", lachte der zweite Junge.

An Spott war Kevin zwar seit dem Tod seiner Mutter gewöhnt, doch diese Worte gingen zu weit. Er konnte den beiden Vollidioten Nick und Tom nicht immer alles durchgehen lassen. Und was zu viel war, war einfach zu viel.

„Der kann von Glück reden, dass Frau Hiller ein Herz für verwahrloste Tiere hat", hörte Kevin Nick gerade noch rufen, als seine Faust in Nicks Gesicht sauste. Mit voller Härte landete sie mitten auf der Nase, die augenblicklich zu bluten anfing.

„Spinnst du?", rief Martin wütend auf. „Du kannst doch nicht einfach zuschlagen. Das wird Ärger geben."

Da das Gebrüll einige Schülerinnen und Schüler angezogen hatte, dauerte es keine fünf Minuten, bis die Direktorin und Frau Hiller vor Ort waren.

„Kevin! Ins Büro!"

Während Kevin die Direktorin in ihr Büro begleitete, löste sich ein kleiner, blondhaariger Junge aus der umstehenden Gruppe von Schaulustigen. Hinter einem Busch verwandelte er sich in einen Engel und flog hoch in die Luft, bis er in den Wolken verschwand.

Als der Engel eine halbe Stunde später ein großes Gebäude im Himmel betrat, flogen andere Engel an ihm vorbei.

„Hallo, Jacobus", grüßte Erzengel Michael.

„Hallo!"

„Auf dem Weg, einen neuen Fall abzuholen?", erkundigte sich Michael.

„Ich habe bereits einen. Er ist ein richtiger Rabauke, der nur Ärger macht. Ich wollte mit Engelchefin Martina noch einige Details besprechen."

„Du machst das schon. Viel Erfolg beim Sternesammeln."

„Danke. Ich habe bereits zehn", berichtete Jacobus stolz.

Jacobus war noch nicht allzu lange Schutzengel. Eigentlich hatte auch keiner seiner Ausbilderengel damit gerechnet, dass er überhaupt ein Schutzengel würde. Doch da seinen ersten Fall keiner haben wollte, konnte sich Jacobus damit bewehren. Inzwischen zweifelte keiner der Engel mehr an seinen Fähigkeiten.

Jacobus sprach noch mit seiner Engelchefin Martina über den Ablauf seines Vorgehens bei Kevin, ehe er sich wieder von ihr verabschiedete und sich auf den Weg zurück zur Erde machte.

Als Jacobus Kevin ausmachte, war dieser gerade beim Mittagessen – ohne Appetit auf seinen Hamburger.

„Da hast du ja etwas angerichtet", schimpfte sein Vater, nachdem er einen Brief durchgelesen hatte, den Kevin von der Direktorin mit nach Hause bekommen hatte. „Vielleicht bringen dich Handy- und Fernsehverbot auf andere Gedanken. Nach dem Essen gehst du auf dein Zimmer, erledigst deine Hausaufgaben und wirst auch für zwei Wochen vom Fußball wegbleiben."

„Wir sind kurz vorm Viertelfinale", protestierte Kevin. „Das kannst du nicht machen."

„Die Schule ist wichtiger als Fußball. Du musst irgendwie zusehen, dass du die Schule wieder auf die Reihe bekommst. Ansonsten wirst du dich vom Fußball auf Dauer verabschieden."

„Das ist unfair!"

„So lange du unter meinem Dach wohnst", schimpfte sein Vater, „hörst du auf das, was ich sage, und tust auch das, was ich sage. Verstanden?"

„Ja", brummte Kevin.

Ohne weitere Diskussionen stolperte Kevin zu seinem Zimmer in den ersten Stock. Seine Laune, die eh bereits gedrückt war, war komplett auf den Nullpunkt gesunken. Wenn ihm sein Vater den Fußball komplett verbieten würde, machte es auch keinen Sinn, weiter zur Schule zu gehen. Er hatte mal etwas über Backpacking gelesen, bei dem Leute nur mit dem Rucksack quer durch die Welt unterwegs waren. Eigentlich war jetzt genau der richtige Moment, um so etwas auszuprobieren.

Kevin ging zu seinem Sparschwein, holte seine Geldscheine heraus, die er seit seinem zehnten Geburtstag gesammelt hatte, warf diese in eine kleine, wasserdichte Tüte, ging geräuschlos zum Dachboden, packte seinen Schlafsack und eine Isomatte in seinen wasserdichten Rucksack, stopfte noch einiges an Kleidung obendrauf, bis der Rucksack voll war, schlüpfte unbemerkt aus dem Haus und rannte die Straße entlang, bis er um die Ecke gebogen war und außer Sichtweite seines Hauses war. Unterwegs machte er noch Halt bei einem Supermarkt, kaufte sich belegte Brote, Obst, Süßigkeiten und Getränke, verstaute diese ebenfalls in seinem Rucksack und machte sich auf den Weg.

„Das ist nicht gut, was du da machst, Kevin!", dachte Jacobus, der Kevin in der Gestalt eines streunenden Katers mit etwas Abstand verfolgte. „Hoffentlich kommst du bald zum Entschluss, umzukehren!"

Doch Kevin war nicht danach, wieder zurück nach Hause zu gehen. Er war inzwischen vier Stunden von zu Hause weg und erreichte einen großen Wald. Einen Trampelpfad schlenderte er barfuß entlang. Der Boden fühlte sich gut an. Weich und warm.

Irgendwann wurde es dämmrig. Ob ihn sein Vater schon vermisste? „Und wenn!", schoss es zeitgleich durch seinen Kopf. Wütend stapfte er weiter.

Aua! Kevin hüpfte zur Seite. Mit seinem Arm hatte er unbemerkt eine Brennnessel berührt. Das brannte eine Zeit lang, bis der Schmerz von alleine wieder verflog.

„Wo soll ich diese Nacht eigentlich schlafen?" Kevins Plan hatte einen kleinen Haken. Er hatte zwar eine Schlafmatte und einen Rucksack – aber kein Zelt. Und zum Umkehren würde es zu lange dauern. Er war bereits einen Tagesmarsch von daheim entfernt. Was nun?

„Zeit, Kevin unter die Arme zu greifen", überlegte Jacobus und kreuzte wieder in Gestalt eines grauen Katers Kevins Weg.

„Na, wen haben wir denn da? Einen Streuner?"

Jacobus strich einige Male um Kevins Beine, bevor er Kevin mit einem Mal seine Karte aus der Hand riss.

„Die brauche ich noch! Hiergeblieben!"

In Windeseile rannte Kater Jacobus vor Kevin davon und Kevin eilte wütend hinterher. Auf seiner Verfolgungsjagd kam Kevin an einer Höhle vorbei. Diese kam ihm gelegen. Schon waren seine Gedanken an den Kater und die Karte verstrichen. Hier würde er die Nacht über bleiben. Kevin schlüpfte in die Höhle und breitete dort sein Lager aus. Es war ungemütlich, auf einem harten und kalten Boden zu schlafen. Allmählich verließ Kevin der Mut. In Abenteuerbüchern klang alles immer so aufregend. Aber sein Abenteuer war kalt, roch modrig und war ziemlich ungemütlich. Er wünschte sich, er hätte seinen Vater nicht verlassen. Er begann zu frösteln. Eine Eule rief und im Wald knacksten Äste. Kevin zuckte zusammen und drückte sich tiefer in die Höhle. Irgendwann fiel er erschöpft in den Schlaf.

Herr Müller schlug die Hände über den Kopf zusammen, als er seinen Sohn am nächsten Tag vor der Haustür stehen sah.

„Kevin!", rief er. „Wo warst du? Ich habe mir große Sorgen gemacht. Sogar die Polizei habe ich gerufen. Sie haben überall im Ort nach dir gesucht." Sein Vater drückte ihn fest an sich. „Ich bin so froh, dass dir nichts passiert ist." Er wischte sich eine Träne aus dem Gesicht. „Entschuldige, dass ich so hart zu dir war. Ich habe etwas überreagiert."

„Ich ebenfalls. Ich hätte nicht weglaufen dürfen. Entschuldige. Das passiert nie wieder. Es war kalt und ungemütlich. Zu Hause ist es doch am schönsten. Ich werde mich in der Schule bessern und zusehen, dir keinen Ärger mehr zu bereiten. Versprochen."

„Es wird alles gut, Kevin."

Zufrieden flog ein kleiner blondhaariger Engel zurück zum Himmel. Jacobus hätte sich seinen Auftrag wesentlich schwieriger vorgestellt, doch im Grunde hatte er nicht viel dazu beitragen müssen, Kevin von seinem Irrweg abzubringen.

Vanessa Boecking: *Autorin verschiedener Genres. „Damian, der Zauberer" - Fantasy/Märchen. „Osiris, die Supermumie" - Fantasy/ Manga.*

Ein wahrer Engel

Unsere Nachbarin aus dem 32 Parteien-Haus ist ein wahrer Engel. Sie ist sofort mit Rat und Tat dabei, wenn es darum geht, zu helfen. Egal ob die Muskeln schmerzen nach einer langen Wanderung, gleich hat sie eine Salbe parat, oder die Energie lässt nach, so gibt es den passenden Tee zu trinken, oder der Schlaf will wieder nicht gelingen. Auch hierfür gibt es Düfte und Duftsäckchen, die herrlich den ganzen Schlafraum geradezu betäuben und die Träume scharenweise herbeilocken.

In allen Urlaubszeiten hegt und pflegt sie die Blumen und Pflanzen in der Wohnung und auch auf dem Balkon und immer hat sie ein nettes Wort auf den Lippen oder die Zettel, die wir im Briefkasten oder unter der Tür durchgeschoben im Flur von ihr finden. Sie ist nicht mehr wegzudenken aus unserem Leben und wir wissen dies natürlich auch sehr zu schätzen. Doch ein Erlebnis bleibt für uns unvergesslich.

Wir fuhren für drei Wochen zur Erholung von der Arbeit zur Nordsee. Wir hatten sie gebeten, nach Möglichkeit auf die Tomaten besonders zu achten, da wir ausprobieren wollten, wie diese es auf dem Balkon wohl schaffen würden und wie viele von ihnen hier reifen könnten. Noch im Urlaub erfuhren wir durch die Medien, dass in unserem Heimatort ein schlimmer Sturm getobt hatte, und wir glaubten nicht mehr an das ganz große Tomaten-Glück. Aber wie staunten wir, als wir nach unserer Rückkehr den Tomaten-Strauch dicht behangen mit prallen, roten Tomaten auf unserem Balkon vorfanden. Wir strahlten vor Glück und dankten für diese Fürsorge und das fast unglaubliche Ergebnis trotz schlechten Wetters mit Regen und Hagel.

Am nächsten Morgen nahm ich immer noch überrascht von dieser einzigartigen Tomaten-Entwicklung auf dem Balkonstuhl mit der Kaffeetasse in den Händen Platz und blickte versonnen auf die wohlgeratenen Früchte. Da entdeckte ich etwas. Durchsichtige, dicke Tesafilm-Streifen hielten die Tomaten fest und sicher an den Zweigen. Natürlich wollten wir neugierig und interessiert umgehend den Hintergrund hierfür wissen und fragten unsere zuverlässige, liebenswürdige Nachbarin.

    Sie schmunzelte und errötete ein wenig. Und dann erklärte sie, dass der Sturm tatsächlich fast alle Tomaten in unserer Abwesenheit vernichtet hatte. Sie waren noch nicht einmal halb reif, direkt schon heruntergepurzelt. Deshalb besorgte sie schnell – kurz vor unserer Ankunft daheim – im Supermarkt neue, frische ausreichend reife Tomaten. Die hatte sie dann mit viel Geschick und größerem Zeitaufwand an den leeren Zweigen befestigt. Wir sollten uns doch freuen und sie wollte uns dadurch die Enttäuschung ersparen. Wir lachten schließlich gemeinsam noch lange darüber und lernten daraus, dass wahre Engel wirklich Wunder bewirken.

Regina Berger, *geboren 1961 in Hagen, aufgewachsen mit vielen temperamentvollen Geschwistern in einem Dorf, Studium in Münster, als Diplom-Sozialpädagogin in Wuppertal tätig, in zahlreichen Anthologien vertreten mit Prosa und Lyrik, als freie Autorin hält sie ein Auge offen für konstruktive Kritik und das andere Auge für die Wunder in uns Menschen und auf der Welt. Erste eigene Buchveröffentlichung 2019: „Elvis auf der Himmelsleiter".*

Ein italienischer Engel

Ich drücke meinen Mund gegen den Badspiegel, als sei er dein Ohr, und raune: „Hey Fabio, mein Bruder im Geiste, ich vermisse dich." Dich zu rühmen, fällt mir leicht. Aus, doch nicht gänzlich vorbei. Das beschreibt unsere nie endgültig abgeschlossene Beziehung vortrefflich. Sie ist mittlerweile völlig frei von gelebter Zwischenmenschlichkeit. Und doch dauert sie an. Gerade wegen der fehlenden Reibungspunkte zwischen uns überdauert sie. Alles.

Mein Mailänder Urlaubskumpane, du machst es mir einfach, dich zu lieben. Du wirst für mich immer der barfüßige Junge von einst bleiben. Alterslos. Anders als vor Bubenhaftigkeit strotzend habe ich dich nie kennengelernt, anders wirst du in meinem Kopf niemals existieren.

Im nachträglich von mir durchforsteten Telefonbuch bliebst du verschollen. Gerade weil ich dich nicht gefunden habe, wirst du in meinem Erinnerungsalbum nichts von deinen feinen Zügen einbüßen. Die Illusion, dich abermals zu treffen, hält auch mich jung.

Ach Fabio. Ich suche dich. Und wie.

Unser erstes und einziges Treffen muss in einem Hotel unweit von Oliena stattgefunden haben. Ich stand bei dir, wir standen unverschämt dicht nebeneinander, hörten auf deinen Wunsch hin *Vattene amore*, vereinten uns im Rhythmus unserer synchronisierten Armbewegungen bei meinem Lieblingslied *Se bastasse una canzone*. Grandiose Zeitgenossen waren wir, na was denn sonst?

Die Jukebox lief fast ununterbrochen – und damit sie lief, fütterten wir sie mit unserem Taschengeld. Du warfst Lire ein. Ich legte nach. Ein muntereres Wechselspiel kann ich mir bis in die Gegenwart kaum denken.

Und dazu die facettenreiche Hintergrundkulisse, deren einzelne Details ich mich überraschend präzise entsinne, zu entsinnen meine. Tennisbälle, die zuvor aus ausgebeulten Hosentaschen herausgezogen worden sein müssen, ploppen beim Aufschlag, zischen, nachdem sie beim offenen Schlagabtausch der Matchpartner in Fahrt gekommen sind, am benachbarten Sandplatz. Das hellblaue Wasser des direkt an der Bar anliegenden Swimmingpools liegt als stille Platte unter abendlichem Flutlicht. Aus den umliegenden Wäldern wird erfrischendes Eukalyptusaroma hergetragen. Nahtlos ineinandergreifende Erinnerungsfetzen holen mich jetzt ein.

Fabio, dein für mich in Stein gemeißeltes Kindesalter beruht auf meinem bisherigen Versagen, dich in der Wirklichkeit zu finden. Das Mailänder Telefonbuch war deutlich zu dick zur Ermittlung deines Nachnamens, von dem ich mir exakt die drei Anfangsbuchstaben gemerkt hatte. Sehen wir es positiv! Keine Schicksalswende kann unseren damaligen Abenden etwas anhaben. Dank deiner Unauffindbarkeit bist du für mich in den Rang eines Unsterblichen gerückt, ein Engel geworden, der ohne Flügel durch die lombardische Metropole streift.

Du schleichst dich in meine Träume ein. Ich gebe es zu: Deine Verschollenheit nagt an mir und versetzt mich in melancholische Stimmung. Deinetwegen flammt allnächtlich jene Leidenschaft, die mich bewegt, dir Briefe zu schreiben, die aus vorgenannten Gründen in meiner eigenen Schublade landen müssen. Was ich auf meiner Tastatur heruntertippen soll, gibst du mir ein. Vielleicht bin ich verrückt.

Der Mensch, der ich bin, durfte ich werden, weil ich dich kennengelernt habe. An dieser Version, so übertrieben sie klingen mag, klammere ich. Du machtest mir menschliche Wärme überhaupt erst vorstellbar, eine emotionale Nähe, die ich bis zu unserem Zusammentreffen ausschließlich zu mathematischen Gleichungen pflegte.

So vieles habe ich dir zu verdanken. Manchmal, wenn ich einschlafe, mache ich Handbewegungen, die deine mit mir nie ausgetauschte Nummer zutage fördern sollen. Weil unsere Beziehung nicht fortgesetzt werden konnte, wächst sie allmählich zur Legende. Jene Distanz – könnte man sagen – lässt unsere Freundschaft unbefleckt erscheinen. Ciao Fabio. Es gibt vermutlich kein Wiedersehen ... und doch meine ich für einen kurzen Moment, als ich in den Spiegel lächle, du lächelst zurück.

Oliver Fahn *wurde 1980 im oberbayerischen Pfaffenhofen an der Ilm geboren. Unter anderem wurden seine Texte bei DUM, Poets of the New World, & Radieschen, eXperimenta, etcetera, veröffentlicht.*

Nackte Tatsachen

Freitagabend. Prokop hat noch Dienst und ist gefrustet. Michler hat Sonderurlaub gekriegt, weil seine viel zitierte Erbtante nach einer schwierigen Galleoperation nach Pflege und menschlicher Wärme schmachtet. Ein anderes Streifenteam wird den Kiez sichern und er hat, völlig ungeplant, ein freies Wochenende.

Olsen, der Revierleiter, ist einfach zu nachgiebig.

„Klar, Michler", hat er gesagt. „kümmere dich um die Olle. Soll ich schuld sein, wenn sie dich enterbt?"

Prokop grübelt wegen der drohenden dienstfreien Tage. Seine Fußballmannschaft spielt auswärts. Der Bus ist schon lange ausgebucht. Da kann er nicht mehr aufspringen. Bleiben ein paar Biere im *Freistoß* und vielleicht eine Skatrunde mit Dauergästen. Als eingefleischter Junggeselle hat er nun mal keine Gattin, die ihn zu Frondiensten im Garten oder zu fragwürdigen Vernissagen in Nobelvierteln vergattern könnte. Er rechnet mit Verlusten in zehntel Euro bei den Karten und ungleich mehr an Gehirnzellen durch die Schnäpse nach jedem Null-Ouvert.

Aus solch düsteren Gedanken reißt ihn das Geräusch der aufschwingenden Reviertür. Leder-Ede tänzelt herein, einen farbenfrohen länglichen Karton unterm Arm.

Wie immer ist er eine Augenpracht, die knappe Lederweste über dem nackten Oberkörper mit den flächendeckenden Tattoos. Und seit Neuestem ziert ihn ein üppiger Nasenring, der ihm über die Oberlippe hängt.

„Der Notarzt tagt drei Straßen weiter", sagt Prokop voller Empathie. „Kannst du mit dem Gebammel überhaupt noch essen?"

„Letzter Schrei", entgegnet Ede. „Echt Gold natürlich." Er klappt den Ring auf den Nasenrücken. „Und voll beweglich."

„Was liegt denn an?", wechselt Prokop das Thema. „Haben sie dir wieder die Schaufensterpuppen geklaut?"

„Weit gefehlt, Herr Chefwachtmeister! Das passiert mir nie wieder.

Ich habe die Püppchen ans Gitter des Kellerfensters gekettet. Ich bin eigentlich nur hier, um Ihnen ein kleines Dankeschön vorbeizubringen, weil Sie doch meine Latex-Ständerinnen zurückermittelt haben." Er stellt das Päckchen auf den Tresen. „Ein Zaubertrank, fünfzehn Jahre in schottischen Kellern gereift. Labsal für die gestresste Polizistenseele."

„Also Beamtenbestechung", konstatiert Prokop brummig. Aber er deponiert den Whisky in Bereiche außerhalb der öffentlichen Sicht. „Und, Ede", fragt er dann, „was machen die Geschäfte?"

„Ich kann echt nicht klagen", sprudelt es aus dem heraus. „Die Leute reißen mir die Sex-Spielzeuge nur so aus dem Regal. Und meine Latex-Kollektion ist ein Selbstläufer. Morgen habe ich sogar einen Termin in Quickborn. Das muss man sich vorstellen! Der Typ will Glitzerdessous, die sich seine Girls beim Tanz an der Stange vom Leib schälen können. Und der Laden ist groß! Viele Girls!"

„Table Dance", wirft Prokop skeptisch ein. „Ist das nicht schon lange out?"

„Nicht in Quickborn", winkt Ede ab. „Da passiert grundsätzlich alles zehn Jahre später."

Einen Moment spielt er verträumt mit dem Piercing an seiner rechten Brustwarze. Dann teilt er das Ergebnis seiner Überlegungen in Form einer Frage mit. „Haben Sie morgen schon was vor? Ich nehme Sie gerne mit in den Klub. Kleine Zeitreise, Sie verstehen?"

„Ich könnte es vielleicht einrichten", tut Prokop zögerlich. „Wann soll es denn losgehen?"

„Ich schließe den Laden um sieben. Seien Sie pünktlich!"

Das Etablissement mit dem schönen Namen *Paradise* entpuppt sich als ziemlich retro. Schummrige Nischen mit viel rotem Plüsch, eine lange Bar aus imitiertem Mahagoni und protzig glänzendem Messing, alle Wände mit Flitterkram verziert, der wohl orientalisch wirken soll. Inmitten dieses schwülstigen Ambientes thront die kleine Bühne mit der obligatorischen Stange. Also Dance ohne Table.

Gleich als sie angekommen sind, hat Leder-Ede seinen Begleiter auf einem Barhocker platziert und ist mit den Worten: „Das Geschäft geht vor", hinter einer gepolsterten Tür neben dem Tresen verschwunden.

Prokop fühlt sich in dem gutbesuchten Klub recht verloren. Ihm fällt auf, dass ungewöhnlich viele Frauen im Publikum sind, manche in Herrenbegleitung, einige aber auch in kichernden Mädels-Grüppchen.

Auf die Rückkehr Edes wartend, nippt er ab und zu an seinem Zwanzig-Euro-Bier und verfolgt das Programm. Die Tänzerinnen sind alle hübsch, tanzen zu den unterschiedlichsten Beats und winden sich dabei in Posen, die die Rundungen ihrer Körper besonders vorteilhaft zur Schau stellen sollen, aber nur eine der Künstlerinnen zeigt tatsächlich einige artistische Einlagen an der Stange.

„Alles ganz nett", denkt sich Prokop.

Nach der vierten Nummer wird es ihm jedoch langsam fade. Gerade hüpft die schwarzhaarige Suleika unter freundlichem Applaus mit wippenden Brüsten von der Bühne, da taucht auch schon wieder der Conférencier auf, ein kleines Dickerchen mit Fistelstimme, kostümiert als Haremswächter.

„Kommen wir zum Höhepunkt des Abends", flötet er im Falsett, und die Zuschauerinnen toben vor Begeisterung.

„Das muss ja etwas ganz Besonderes sein", vermutet Prokop.

„Wir haben weder Kosten noch Mühe gescheut, um auch der Damenwelt glückliche Momente zu verschaffen", quietscht der Dicke jetzt. „Meine Damen – und natürlich auch die geneigten Herren: Erleben Sie jetzt die deutsche Premiere einer Weltsensation!"

Er macht eine gekonnte Kunstpause. Die Frauen sind außer Rand und Band, pfeifen, brüllen und stampfen mit den Füßen. Dann fährt er süffisant lächelnd fort: „Wir wissen nicht, was der Faun am Nachmittag macht, aber am Abend, das versichere ich Ihnen, ist er HIER!"

Aus den Lautsprechern erklingt ein blecherner Tusch. Die Lampions an der Decke werden gedimmt. Nur die Bühne ist jetzt noch in rotschimmerndes Licht getaucht. Ein Moment der absoluten Stille folgt. Und dann springt eine unfassbare Gestalt ins Scheinwerferlicht, ein mystisches Wesen, nicht von dieser Welt. Das Publikum, ja, tatsächlich auch viele der anwesenden Männer, verfällt in hysterisches Geschrei.

Auch Prokop muss sich eingestehen, dass er beeindruckt ist. Dieser Auftritt schlägt alles, was er vom Kiez her kennt. Aufmerksam mustert er den Burschen auf der Bühne. Ein Modellathlet im goldenen Paillettenslip, kein Gramm zu viel auf den Rippen. Aber was für eine Fresse, Himmel noch mal!

Dieses Fabelwesen trägt einen glatten schwarzen Kinnbart. Die Haut seines Gesichts ist blutrot gefärbt, Augen und Mund fett mit Mascara konturiert. Aus seiner gefurchten Stirn vor dem zurückgegelten Haaransatz ragen zwei angriffslustig vorgereckte Hörner.

Brüllend wirft der Unhold seinen Kopf hin und her, zischt dann feucht in die Menge, die sich nun stehend um das Podest geschart hat. Wohliges Kreischen einer Dame erschallt ein ums andere Mal.

Und dann setzt die Musik ein.

Ravels Bolero erkennt Prokop. Aber eine gekürzte Fassung, denn die Holzbläser senden ihre hypnotische Melodie bereits über dem treibenden Rhythmus aus.

Der Faun beruhigt sich. Langsam schwingt er seine Arme im Takt, dreht eine verspielte Pirouette und pendelt breitbeinig seinen Oberkörper aus. Die Zuschauerinnen und Zuschauer nehmen den Takt auf. Alle klatschen.

Eine Frauenstimme ertönt. „Ausziehen!"

„Ja, ausziehen", nimmt eine andere die Forderung auf.

Dann skandieren plötzlich alle: „Ausziehen! Ausziehen! Ausziehen!"

Der Saal wird zum Tollhaus.

Der Faun tanzt weiter wie in Trance, aber ein sardonisches Lächeln spielt um seine Lippen. Langsam lässt er seine Rechte sinken bis unter seinen Nabel, verweilt einen Augenblick am Bund seines Slips und lässt mit einer lasziven Bewegung seine Hand darin verschwinden.

Stöhnen aus der Menge. Eine Dame im grünen Abendkleid versucht, die Bühne zu stürmen, wird aber geistesgegenwärtig von zwei Herren reiferen Alters zurückgehalten.

Die Musik schwillt an.

„Zieh blank", wird jetzt verlangt. „Verdammt, zieh endlich blank!"

Und in der Tat reißt sich der Faun mit einer entschlossenen Bewegung sein einziges Kleidungsstück vom Leib.

Jubel brandet auf. Schrille, sich überschlagende Stimmen.

Der teuflische Tänzer fasst sich ans Gemächt und lässt die Muskeln seines Hintern spielen, sodass sein Becken rhythmisch vor und zurück zuckt. Langsam und graziös dreht er sich dabei, damit alle seine Pracht bewundern können.

Da bemerkt Prokop, dass dieser Halbgott doch tatsächlich eine Tätowierung auf der linken Arschbacke hat. Ihm schwant Böses.

Er schiebt sich durch die Menge näher zur Bühne. Als der Faun ihm den Rücken zuwendet, schaut er genau hin. Das Tattoo zeigt eine Fledermaus mit ausgebreiteten Schwingen. Fassungslos dreht sich Prokop um und schleppt sich zurück an den Tresen.

„Na, der kann was erleben am Montag", murmelt er vor sich hin. „Von wegen kranke Erbtante."

Helmut Blepp, *geboren 1959 in Mannheim, selbstständiger Trainer & Berater (Arbeitsrecht); lebt in Lampertheim: vier Lyrikbände, zahlreiche Veröffentlichungen in Anthologien und Zeitschriften; Mitglied GZL e.V., Joachim Ringelnatz-Verein e. V., Gruppe 48 e. V..*

Ein Schwabe im Himmel

Rübenbauer Michael Maier erlag einem plötzlichen Blitzschlag auf dem Rübenacker bei schlechtester Wetterlage bei Hagelschauer und kam über eine silberne Rolltreppe aus Blitzenreute zum Himmelseingang auf eine Wolke gefahren. Die ganze Sache missbilligend, sagte er nichts, dachte aber bei sich: „Silberne Rolltreppe! Messing oder Edelstahl hätt's auch getan." Am goldenen Himmelstor von Petrus angekommen, prüfte er die goldenen Stäbe und ihre Beschläge und sagte laut denkend: „Gspart wird hier nicht, oder?"

Petrus kam in weißen, wallenden Gewand auf ihn zu und reichte ihm seinen goldenen Schlüssel zum Eintreten. Michael nahm den Schlüssel, prüfte ihn mit sparsamem Blick und fragte Petrus: „Gibts den auch ein wenig einfacher?"

Petrus überlegte kurz und verstand dann, er war sehr erfahren und ein Menschenkenner, und erriet, dass Michael ein Oberschwabe sein musste. „Nein, hier haben wir nur goldene Schlüssel, Michael, hier wird an nichts und niemandem gespart."

Michael bedachte die Worte und sagte darauf argwöhnisch: „Wie lang läuft denn die Beutz schon hier um den Preis?"

„Länger als es Menschen auf Erden gibt", sagte Petrus.

Nun wurde Michael neugierig. Er bedachte nochmals diesen Prunk und äußerte eine weitere Frage: „Gibts hier gute saftige Runkelrüben oder Meerrettich im Himmel?"

„Nein", antwortete Petrus und wunderte sich über die gewöhnliche Frage des ehemaligen Bauern und Landwirts.

„Es gibt Honig und die Milch im Überfluss, wie in der Bibel prophezeit."

„Honig, Milch?", fragte Maier. „Keine Runkelrüben für'n guten Absatz und leicht zu verkaufen?"

„Nein, die gibt es hier nicht, hier macht man keine Geschäfte und löst sich von weltlichem Besitz, sparen ist meist überflüssig", erklärte ihm Petrus schon sichtlich verwundertem Ton.

„Aha, wie soll das den passen?", vermeldete Maier skeptisch. Er prüfte die Wolke unter sich und war mit dem vergoldeten Schlüssel recht unzufrieden im Ganzen. „Das aber ist doch bestimmt auch keine Schafswolle, oder?", fragte Maier weiter.

„Das ist göttliches Seelentuchgewebe mit Baumwolle und Wasser verwoben."

„Ahhh, Baumwolle – ja, das hält lang", stellte Maier zufrieden fest.

Petrus merkte nun endlich, dass Maier mehr am Wert des Himmels Interesse zeigte als an seinem Besuch und Eintritt dort. Er benutze darum die Sprechanlage und richtete eine Frage an Gott persönlich. „Hallo, lieber Gott und Chef, ich habe hier einen Schwaben, der seinen Schlüssel gegen einen billigeren tauschen will, das Goldtor bereits im Wert schätzt und teils in die Vergoldung beißt, Zuckerrüben im großen Stil anbauen will und, wenn ihm möglich, die göttliche Hundehütte daneben abschaffen würde, um selber zu bellen für unseren Spitz Bello. Was sollen wir mit ihm machen, oder ist das so wirklich möglich im Himmel?"

Daraufhin sagte der liebe Gott nach einigem Überlegen: „Nein, das spar'n wir uns."

Michael wurde auf Wunsch des Herrn wieder zur Erde geschickt. Dort baut er nun Zuckerrüben an und fühlt sich wohl. Der liebe Gott allerdings gab einen Eilauftrag an die Werkstatt der Engel raus mit folgendem Wortlaut: „Türklingel zu richten, äääh, reparieren, höchste Zeit, schon wieder einen Schwaben vor der Zeit auf dem Feld erschlagen und abweisen müssen. Bitte um Eilreparatur um Gotteslohn."

Nun, was soll ich noch sagen? Es hat sich bis heute nichts getan im Himmel. Die Blitze zucken weiter über Blitzenreute und auch sonst auf der Erde. Ich möcht es ja nicht beschwören, aber ich glaube, Gott kommt ehemals auch gebürtig aus Blitzenreute.

Simon Käßheimer *wurde 1983 in Friedrichshafen am Bodensee geboren, wo er bis heute seine Wurzeln sieht. In Nähe des Bodensees (Ravensburg) lebt er inzwischen inspiriert durch die schöne Landschaft glücklich vor sich hin. Dazwischen liegen eine Gärtnerausbildung und neun Jahre Hauptschule, die Arbeit als Gärtner und zuletzt eine Tätigkeit, die ihm die Zeit zum Schreiben einräumt.*

(K)ein gutes Ende

In der Ferne standen zwei Männer auf einem Felsvorsprung und beobachteten traurig das apokalyptische Spektakel zu ihren Füßen.

„Bist du sicher, dass wir das richtige Ende gefunden haben?"

„Nein. Aber hast du etwa noch die Energie, dir etwas Neues zu überlegen, was schlussendlich sowieso ins Nichts führt? Siehst du nicht, wie sie leidet? Alles fühlt sich für alle nur noch als Belastung an, sie sind völlig entgleist. Niemand möchte mehr dem Narrativ folgen, auch wenn es ihnen guttun würde. Aber die Menschen sind uneinsichtig. Deswegen frage ich dich: Die Mühe, sich etwas Neues zu überlegen – wofür das alles?"

Betreten schwieg der andere.

„Was um alles in der Welt habt ihr getan?!" Eine bebende weibliche Stimme zerschnitt energisch die Stille. Eine Frau war hinter die beiden Männer getreten und verfolgte schockiert das Geschehen.

„Wir haben es beendet. Das war die einzige Lösung", sagte der Größere, ohne sich zu ihr umzudrehen.

„Für dich", ergänzte der Jüngere.

„Aber warum ... so?" Mit Entsetzen deutete sie auf das Massaker unter ihnen. Diejenigen, die sich noch nicht selbst oder gegenseitig gerichtet hatten, fielen letztendlich den Naturgewalten zum Opfer. Das Wasser zu Blut, die Heuschrecken, die über alles und jeden herfielen, Geschwüre, Finsternis, Tod. Niemand blieb übrig. Es war skurril, dass ausgerechnet sie drei hoch über allem thronten und wie durch Geisterhand von alledem verschont blieben.

„Es war der schnellste Weg. Du hast etwas Besseres verdient."

Wie in Trance versuchte sie, die Worte zu verarbeiten, doch sie verstand nicht ganz.

„Ihr sagtet, ihr habt es beendet. Ihr ... das ist euer Werk. Wie ... wie ist das möglich? Woher habt ihr solch eine Macht?"

„Sieh an die Wand", bedeutete ihr der Größere der beiden.

Sie wandte sich um und sah die Umrisse der beiden Männer als

Schatten an die Steinwand geworfen. Doch noch etwas anderes flackerte im Feuerschein der Apokalypse vor ihnen. Große Schwingen ragten den Schattenbildern aus den Schulterblättern. Hektisch bewegte sie ihren Kopf zu den zwei Männern und zurück zu ihren Schatten, die nicht mit den Gestalten, die sie vor sich sah, übereinstimmten.

„Nur das Höllenfeuer offenbart, was wir wirklich sind."

„Und darum kann uns das alles nichts anhaben. Wir sind immun gegen das Böse."

„Ihr seid Dämonen?!"

„Wir bevorzugen *dunkle Engel*. Wir sind durch und durch Boten des Himmels."

„Boten des Himmels?! Ihr habt alle abgeschlachtet! Das ist nicht sehr himmlisch!"

„Nein, nein, Liebling. Du verstehst das falsch. Gescheitert sind sie alle an ihren Sünden. Den sieben Todsünden haben sie nachgegeben, die zehn biblischen Plagen waren ihre Strafe. Das sind die Regeln des Herrn, nicht Luzifers."

„Aber ihr habt sie doch zu den Sünden getrieben, sie verführt!" Sie war außer sich. Unverständnis, Wut und Entsetzen lieferten ihr ein Wechselbad von Gefühlen. Sie war machtlos, das Ende war bereits ohne ihr Zutun unwiderruflich geschrieben und nichts lag mehr in ihrer Hand. Endgültig.

„Warum? Sagt mir warum!", flehte sie die beiden Fremden an.

Der Jüngere seufzte traurig, während der andere antwortete. „Nur zu deinem Wohle. Nicht aus einer sadistischen Ader heraus, wie die Kollegen von unten. Wir hassen es, sinnlos zu quälen. Aber was sein muss, muss sein. Du weißt ja, die Wege des Herrn sind unergründlich."

„Wir konnten es nicht mehr mit ansehen. Die vielen Plotholes, diese ewig langen Pausen, die Frustration, die damit einherging. Das Verweigern. Die ganzen Ablenkungen und faulen Ausreden, die dir so zusetzten, das fehlende Interesse, all dieses Ignorieren und die Verletzungen, die sie dir damit zufügten, ohne es zu merken. Und du konntest dich nicht wehren, nicht die Zügel straffer anziehen … Dein Schmerz …"

„Mein Schmerz?", rief sie aus und schnaubte verächtlich. „Alles, was ich mühevoll aufgebaut habe, habt ihr zerstört! Ihr habt mir alles genommen, glaubt ihr, das schmerzt nicht?!" Tränen bahnten sich ihren Weg über ihre Wangen hinab. Tränen der Verzweiflung.

„Doch, natürlich, mein Schatz. Aber nun kannst du loslassen in dem Wissen, dass es zumindest beendet ist. Abgeschlossen. Nichts ist mehr in der unerträglichen unklaren Schwebe." Die Männer bemerkten ihre Ungläubigkeit und Aufregung, ließen sich davon jedoch nicht aus der Ruhe bringen. Sie zogen es aber vor, ihre Blicke weiter auf das apokalyptische Geschehen unter ihnen zu richten, anstatt es zu wagen, ihr in die Augen zu sehen und ihren Schmerz dadurch noch mehr zu fühlen.

„Aber dieses Ende – es gefällt mir nicht! Es fehlt noch so viel! Es gibt zu viele ungeklärte Fragen, nichts ist abgeschlossen, zu viele Handlungsstränge sind offen, Motive wurden nicht erklärt … Einfach alle abzumurksen, ist doch das Langweiligste und Einfallsloseste überhaupt!"

„Besser ein Ende mit Schrecken als Schrecken ohne Ende, nicht?", hörte sie einen der Engel sagen. Sie wollte und konnte sich nicht damit abfinden, doch sie hatte keine andere Wahl. Traurig ließ sie den Kopf sinken und die beiden Männer gesellten sich links und rechts neben sie und umschlossen jeweils eine Hand von ihr mit ihren eigenen.

„Wir sind für dich da. Wir lassen dich niemals im Stich."

Betretenes Schweigen umhüllte die Dreiergruppe und stand im krassen Gegensatz zu der unbändigen Zerstörung zu ihren Füßen. Die Ausmaße waren verheerend. Selbst die beiden Männer waren überrascht, da sie etwas Derartiges nicht erwartet hatten.

„Und jetzt?", fragte sie schließlich resigniert.

Der Größere der beiden räusperte sich etwas verlegen. „Na ja, ich fürchte, wir haben unsere Kräfte etwas unterschätzt. Darum würde ich vorschlagen, wir frönen der literarischen Völlerei und Wollust und bevölkern diesen Handlungsort neu."

Und mit ihren beiden dunklen Schutzengeln, die beide jeweils einen Arm und sie gelegt hatten, ging sie davon, um das dem Untergang geweihte Manuskript hinter sich zu lassen und diese Geschichte von Neuem zu beginnen. Besser.

Maresa May, *geboren 1991 in Niederösterreich, studierte Germanistik und Geschichte in Wien. Instagram: @may.maresa.*

Nur ein Eis

In der Straße bimmelt's.
Es bimmelt und bimmelt.
Der Eismann klingelt!
Mamma mia, mamma mia!
Wo ist nur die kleine, hübsche Mia?
Ist einfach weggelaufen,
heimlich ein Eis kaufen.
Macht sie einfach.
Und lacht.
Obwohl sie das gar nicht darf!
Als Diabetikerin ist sie gar nicht so brav.
Doch sie will unbedingt ein süßes, kühles Eis!
Denn es ist doch so schwülheiß.
Sie guckt dabei auch noch so unschuldig
und ist so ungeduldig.
Und kann es kaum erwarten,
endlich ihr heiß begehrtes Eis zu erhalten.
Denn die Sommerhitze ist einfach viel zu heiß.
Voller Freude schleckt sie daher nun ihr kühles Eis.
Mmh ... lecker, lecker.
Schleck, schleck ...
Doch nahezu im Nu ist das Eis schon weg.
Aber auch der Eismann ist leider schon weg ...
Aus einer zweiten Kugel wird daher nix.
Mia muss nach Hause, aber fix!
Wieder Blutzucker messen.
Und erst mal nichts mehr Süßes essen.
Und trotzdem ist sie unser kleines, geliebtes Engelchen,
unser süßes, liebendes Bengelchen.
Süßes isst sie einfach so gern,
Regeln sind ihr dann leider eher fern.

Hauptsache, es schmeckt!
Doch Ernährung ist nicht immer perfekt ...
Aber man muss sich auch mal etwas gönnen,
um das Leben genießen zu können.
Warum daher nicht auch mal ein leckeres Eis,
ein so richtig herzhaft erfrischendes, cremiges, süßes Eis,
wenn es im Hochsommer ist so entsetzlich heiß?

P.S.:
Man muss auch mal sündigen dürfen
und etwas eigentlich Normales
– oder gar auch Verrücktes – tun dürfen.
Sich etwas seelisch Wohltuendes gönnen,
mit einplanen können.
Um sich ein bisschen zu verwöhnen
und das Leben für einen Moment zu schönen.
Und sich trotz allem auch mal erfreuen,
hoffentlich aber ohne es allzu sehr zu bereuen.

Juliane Barth, *Jahrgang 1982, lebt im Südwesten Deutschlands. Sie schreibt als Hobby seit jeher sehr gerne, unter anderem Gedichte, Kurzgeschichten und Sachtexte. Veröffentlichungen in diversen Anthologien: sacrydecs.hpage.com.*

Mein Opa ... und ich
Abenteuer und Weisheiten aus einer anderen Zeit

Abenteuer und Weisheiten aus einer anderen Zeit – jeder Tag mit Opa war ein neues Abenteuer! Ihm fiel immer etwas ein, was wir zusammen unternehmen konnten. Er nahm mich mit in seine Werkstatt, wo ich mit Säge und Hammer schon als Vierjähriger hantieren durfte. Vor vielen, so lang vergangenen Jahrzehnten ...

Das Buch möchte von aufregenden Ausflügen und ruhigen Nachmittagen erzählen, eine Sammlung von Erinnerungen und Geschichten sein, die die einzigartige Verbindung zwischen Enkel, Enkelin und Großvater sein.

Lassen Sie unsere Leserinnen und Leser teilhaben an den humorvollen, spannenden und berührenden Episoden, die zeigen, wie viel wir von der Weisheit und den Erfahrungen älterer Generationen lernen können. Ein Buch, das nicht nur zum Schmunzeln bringt, sondern auch das Herz wärmen und inspirieren soll.

Einsendeschluss ist der 1. November 2024

Hat Ihnen das Buch gefallen? Dann würden wir uns über eine Rezension freuen: